ゆるやかな自殺

1

野々垣《ののがき》二朗《じろう》は、グロック17を蛍光灯の光にかざした。オーストリアの自動拳銃《けんじゅう》で、多くの部品がプラスチック製だが、そこそこサイズがあるために、掌《てのひら》にはずしりと重みを感じる。玩具《おもちゃ》のようなプラスチックの銃には、いざというときに命を預ける気になれない。野々垣の愛銃は、スイスのシグ・ザウエルP232SLだった。ステンレス製だがコンパクトなのでグロック17より軽く、必要なら背広の内ポケットに隠して持ち運ぶこともできる。

グロック17の最大の特徴は、安全装置だった。手動でセーフティを解除する必要がなく、引き金を引くだけで自動的にセーフティが外れ発射可能になる。この仕組みは、慣れないと事故の元だが、今日の計画にはぴったりだった。安全装置そのものが付いていないトカレフTT―33でもよかったのだが、オリジナルはすでに骨董品《こっとう》となっているため入手困難であり、日本に数多く出回っている中国製のコピーは、作りが粗悪なせいで暴発が多く、やむをえず、よけいな安全装置を付け足してしまっている。

野々垣は、9㎜のパラベラム弾がぎっしり詰まった弾倉をグロック17に押し込むと、机の引き出しにしまった。

さて、これからだ。たとえ相手が薄ノロでも、殺すとなれば、細心の注意を払わなくてはならない。一番大切なのは、まず相手に殺意を気取られないことだ。そのためには、相応の演技力も必要になる。

野々垣は、机の上の鏡を見ながら自然な笑みを浮かべると、部屋を出た。

そこは、東京都内にある古い4LDKのマンションの一室だった。応接室には黒革張りのソファやローテーブルがあり、ダイニングキッチンには事務机のほか冷蔵庫や電子レンジもある。ふつうの事務所兼住宅にも見えるが、いくつか決定的に違う点があった。

居間にあたる一番大きな部屋には、壁に立派な神棚があり、二振りの日本刀が飾ってある。それ以外には、悪趣味な金ぴかの調度が多かった。

窓にはすべて鉄格子が嵌《は》まっていたが、工具があれば簡単に壊せる一般住宅用のものとは造りも強度も段違いだった。ベランダのサッシの外側には、鉄製のグリルがコンクリートにボルトで留められているため、まるで檻《おり》の中にいるような鬱陶《うっとう》しい眺めである。非常の際は隣のベランダと行き来できるはずのフレキシブルボードの間仕切りは、鉄板で塞《ふさ》がれていて用をなさない。さらに、ベランダの手すりから天井まで頑丈なステンレスの金網で覆われているため、外からはスズメ一羽入ってこられない。

ここは、関東俠気会系塗師《ぬし》組の事務所の一つなのだ。自前のビルなら、設計段階から窓を小さくしたり壁を厚くしたりして、対立組織の殴り込み《カチコミ》に備えて要塞《ようさい》化することができるが、債務者から奪い取ったマンションの一室では、この程度が限界だろう。

「ミツオ！　どこにいる？」

野々垣は、大声で舎弟を呼んだ。応接室のソファから人が転げ落ちる音がした。

「ふわ……！　兄貴」

ミツオは、寝ぼけまなこのまま直立不動になった。

「てめえ、昼間っから、また居眠りしてやがったのか？」

「いや、寝てません」

「嘘をつくんじゃねえ」

「本当っす。俺、横になってたけど、眠ってません」

怒られると思ったらしく、ミツオは、頑として居眠りしていたことを認めなかった。

野々垣は、いつものように怒鳴りつけたい衝動に駆られたが、自制する。

「まあいい。おまえに訊《き》きたいことがある」

そう言いながら、軽く右ストレートを放ったが、ミツオはスウェイして、易々とパンチをかわした。

「ふっ。避《よ》けるなって言ってるだろう?」

野々垣は、演技ではなく笑った。この挨拶《あいさつ》も、今日が見納めになるのかと思う。

「すんません。身体がかってに……」

ミツオは、顔をくしゃくしゃにして頭を掻《か》いた。

八田三夫《はったみつお》は、元プロボクサーで、フライ級の日本ランカーに上ったことがある。激闘型のファイターで、一時はそこそこの人気を博したが、パンチの影響で網膜剝離《はくり》になったために引退せざるを得なかった。その後、パンチドランカーの症状も現れ始めて、酒浸りになって、脳が萎縮《いしゅく》したのか軽度の精神障害まで来し、半ばホームレスのような生活を送っていた。

そんなミツオを拾ってやったのが、野々垣だった。一昔前はボクシングの興行に暴力団が深く関わっていたため、ミツオの試合も何度か見たことがあったし、引退する少し前には、ボクシング賭博《とばく》に利用しようと考えていた。かつてはリングの上で輝いていた男のみじめな姿を見て哀れに思ったこともあるが、本当の動機は、いつでも使い捨てにできる手駒が欲しかったためだった。

拾われてからのミツオは野々垣を慕い、絶対服従を貫いた。もし鉄砲玉をやれと命じたら、すぐに拳銃を握りしめて飛び出していくだろう。ふだんは、電話番以外の何の仕事をやらせても、まともにこなせたためしがなかったが、いざというときのためだけにでも飼っておく価値はあるはずだった。

しかし、そのミツオが、自分にとって危険な存在になる日が来るとは、予想だにしていなかった。

「ちょっと来い」

野々垣は、自分の部屋に戻って革張りの回転椅子に座る。ミツオは、不安そうな面持ちで机の前に立った。

「若頭《カシラ》が死んだ日のことだ。覚えてるな？」

「そりゃ、もう」

ミツオは、沈痛な表情になる。先月死亡した若頭《わかがしら》——組のナンバー2だった岡崎《おかざき》政嗣《まさつぐ》は、組員全員から慕われていたのだ。もちろん、野々垣は例外だが。

「あの日のおまえの行動を、もう一度、俺に教えてくれ」

「は。ええと……どっから？」

「おまえは、居眠りしてたんだよな？」

「いや、眠ってなかったっす。ちょっと、横んなってただけで」

「怒ってるんじゃねえ。事実を知りたいだけだ」

野々垣は、我慢して優しい声をかけた。

「それに、おまえが眠くなったのも、しかたがねえよ。俺がやったチョコレートボンボンのせいなんだろう?」

「いや、違います。兄貴のせいなんかじゃねえっす」

ミツオは、あわてたように首を振った。

「おまえは、大酒くらってたせいで、脳が縮んだだけじゃなく、肝臓もカチカチだもんな。だから、いつもは禁酒してた。それが、たまにアルコールが胃に入ると、たちまち回って、すぐにぐでんぐでんになっちまうんだよな?」

「俺、いつもは禁酒してます! 組長《オヤジ》に言われたんすから」

ミツオは、唾《つば》を飛ばして力説する。

「酒は百薬の長なんて言うが、とんでもねえ。アルコールは、身体をめちゃめちゃにする。おめえが酒を飲むのは、てめえの首をゆっくり絞めてんのと同じことだぞって……」

「わかったわかった」

野々垣は、手を上げてミツオを黙らせる。

「だが、おめえは、酒が三度の飯より好きだもんな。そんなおめえを不憫《ふびん》に思って、チョコレートボンボンを一箱やったんだ」

「はい。うまかったす」

ミツオは、よだれを垂らさんばかりの顔になった。

「そのことを、誰かに言ったか？　俺が、あの日、おめえにチョコレートボンボンをやったことをよ」

ミツオは、首をちぎれそうな勢いで左右に振った。

「誰にも言わないっす。兄貴に言うなって言われてたし」

ミツオは、嘘をつくと、目に見えて挙動不審になる。この言葉は信用できるだろう。

「そうか。それで、どうした？　おめえは、ソファでうとうとしてたんだよな？」

「音が聞こえて、飛び起きたっす」

「銃声だな」

「はい。それで、ソファから落っこちて、起きて、そんでから見に行ったら」

ミツオは、その時の光景を思い出したらしく、身を震わせた。

「この部屋だな。岡崎の若頭《カシラ》は、ちょうど、今俺が座ってる場所にいた」

「はい」

「死んでるのは、すぐにわかったな。それから、どうした？」

「俺、飛び出して」

「この部屋から？」

「はい。そんで、電話して……兄貴が出なかったんで、坂口《さかぐち》の兄貴に」

「それから？」

「事務所から飛び出して」

「どうして外へ行った？」

「俺、泡食ってて。事務所にいるのも怖かったんで」

ミツオがパニックに駆られて事務所を飛び出して行ったせいで、射殺せずにすんだのは、僥倖《ぎょうこう》だったかもしれない。とはいえ、結局は、始末せざるを得なくなってしまったが。

「まあ、しょうがねえな。岡崎の若頭《カシラ》が自殺して、おめえもパニクってたんだろう」

野々垣は、身を乗り出して、ミツオを睨《にら》み据えた。

「訊きてえのは、その後のことだ。おめえは、馬鹿みたいにマンションの中、上から下まで走り回ってたんだったな？」

「どうしていいか、わかんなかったんで」

「だが、マンションの廊下から、ふと下を見たわけだ？」

「車の音がしたから」

「すると、ちょうど車が走り去るところだった。車種は何だった？」

「フーガっす」

「そのとき、ナンバープレートも見たんだな？」

んでた連中が、助けがほしいと言ってくるもんで、ついほだされまして」

「馬鹿野郎！」

　岡崎は、一喝する。

「おめえは、もう渋谷のギャングじゃねえんだぞ。塗師組の代紋背負《しょ》ってんだ。わかってんのか？」

　野々垣は、腹を決めた。岡崎は、妙な潔癖症の格好付け野郎だが、戦闘力は侮れないし、自分を裏切った相手には冷酷だった。さいわい、まだ薬のビジネスのことはつかまれていないが、万が一知られてしまったら、破門や絶縁はまだ軽い方で、下手をすれば命がないかもしれない。その前に手を打つ必要があった。

　どうせ、組を掌中にするために、いつか排除しなきゃならなかった邪魔者だ。だったら、この機会に片付けるのが最善の策だろう。

「わかりました。若頭《カシラ》のおっしゃるとおりにいたしますんで。身辺をきれいにするために、何日か猶予をいただけませんか」

「いいだろう。三日だ。終わったら、俺んとこに報告に来い」

　野々垣は、深々と頭を下げたが、岡崎の言うとおりにするつもりはさらさらなかった。

　拳銃の保管場所から岡崎の銃を盗み出し、二日後、岡崎を事務所に呼び出した。

野々垣が来たときには、事務所には岡崎とミツオの二人しかいなかったが、チョコレートボンボンを一箱食べたミツオは、真っ赤な顔をしてソファで眠りこけていた。

「どうした？　もう、決まりはついたのか？」

岡崎は、顔を上げて訊《たず》ねる。

「はい。こうさせてもらうことに」

野々垣は、滑らかな動きで拳銃を抜き出し、岡崎の眉間《みけん》にぴったりと突きつけた。

岡崎が反射的に右手で拳銃を押さえようとした瞬間、引き金を引く。

轟音《ごうおん》。背後の壁に脳漿《のうしょう》が飛び散り、岡崎は、椅子の上でぐったりとなった。

応接室から、ミツオが飛び起きたらしい物音が聞こえてきた。野々垣は、とっさに、机の後ろに隠れた。

ミツオが部屋に飛び込んできた。目の前には、生命を失った岡崎の手がだらりと垂れ下がっている。

ミツオは、岡崎の姿を見ると、悲鳴のような声を漏らし、しばらく嗚咽《おえつ》していたが、部屋から飛び出していった。

野々垣は、机の後ろから立ち上がり、拳銃を岡崎の手に握らせた。そのまま床に滑り落ちたが、指紋さえ付ければいい。

ミツオは、隣の事務室で誰かに電話をかけている。野々垣の携帯は電源を切ってあるので、たぶん、坂口だろう。

野々垣は、ゆっくりと部屋を出た。ここでミツオを殺してしまったら、岡崎が自殺したというシナリオは崩壊するが、場合によってはしかたがない。

ところが、ミツオは、一足早く事務所からも飛び出していった。

野々垣も、そっと事務所から滑り出た。階段を使って一階まで下り、防犯カメラの死角を通って車に乗り込む。無事に車を出したときには、うまくいったとほくそ笑んでいた。現場には誰もいなかったと、ミツオが証言してくれるだろう。まさかそのとき、ミツオに上から車を目撃されているとは、想像だにしていなかった。


「兄貴。どうしたんすか?」

黙り込んでいる野々垣を見て、ミツオが、心配そうに訊ねる。

「いや、何でもねえ。……ちょっと若頭《カシラ》のことを思い出してたんだ」

野々垣が答えると、ミツオは、しんみりした様子になった。

「そうだ。おめえに、いいものを見せてやるよ」

「いいもの? へっ? 何すか?」

ミツオの顔が、期待で輝く。

野々垣は、ゆっくりと机の引き出しを開けた。

数分後、野々垣は、組事務所のドアを開けて廊下に出た。監視カメラが自分の顔を映していることを意識する。振り向いて一言二言しゃべってから、エレベーターに向かって廊下を歩いて行った。途中で携帯電話を取りだして、短縮ダイヤルを押す。相手が出ると、いろいろと細かい指示を与え始めた。

それから、廊下の途中で立ち止まった。

一階でエレベーターを下りると、三十分くらい前に呼んであった犬山直人《いぬやまなおと》の姿が見えた。野々垣の愛車のフーガのそばで、所在なげにタバコをふかしている。

野々垣は、エントランスを抜けながら電話を切り、マンションの玄関を出た。

「お疲れ様っす」

犬山が最敬礼すると、フーガの後部ドアを開けて出迎える。日頃から怖さを教えてやっているだけに、緊張感のある動作だった。ところが、野々垣が近づいたとき、ぴくぴくと鼻をうごめかすのが目につく。

この犬野郎が。野々垣は、腹の中で罵《ののし》った。おまえは警察犬か。いったい何を嗅《か》ぎ付けたんだ。

振り向いて、ちらりとマンションを見上げた。まだか。

「犬山。ちょっと待て」

野々垣が、車に乗り込みかけて止《や》めると、犬山は、怪訝《けげん》な顔になった。

「最近、どうも、誰かに盗聴されてる節がある。車の下に発信機が付けられてないか調べてくれ」

「はあ……」

犬山は、這《は》いつくばって車の下を確認した。犬にはふさわしい仕事だなと、野々垣は心の中で冷笑する。

「何もないようですが」

「本当か？　もうちょっと、よく見てみろ」

野々垣がそう言ったとき、銃声が響いた。

犬山は、はじかれたように起き上がり、マンションを見上げた。音が聞こえてきたのは、マンションの上階——事務所の方からだった。塗師組は実戦経験豊富な武闘派集団なので、犬山にも、それが銃声であることはすぐにわかったようだ。

犬山は、緊張した面持ちで、野々垣の指示を待つ。

野々垣は、口元が緩みそうになるのをこらえながら、犬山に向かって付いてこいと言い、マンションの中へと取って返した。

2

榎本径《えのもとけい》は、組事務所のドアを開けようと悪戦苦闘していた。

厚さ1・6ミリの折り曲げ鉄扉が3・2ミリの鉄板で裏から補強されているため、ドリルで穴を開けるのは困難だった。おまけに、ドアポストも内側から溶接されており、サムターン回しを入れることができない。

ワンドア・6ロックという、普通では考えられないほど厳重な施錠ぶりであり、しかも、ピッキングがきわめて難しくバンピング対策も万全、ドリリングもまず不可能という錠前が付いている。

これで普通の料金では割に合わなかったが、相手が相手だけに、ふっかけることもできないだろう。

「ねえ、まだなの？」

さっきからしきりに催促しているのは、組長の娘である塗師美沙子《みさこ》だった。どう見ても、まだ二十歳そこその美しい娘だったが、切れ長の目は堅気にはない鋭い眼光を放っている。背後には、美沙子のボディガードらしい坂口と、鍵《かぎ》開けを依頼してきた犬山が控えており、さらにその後ろで難しい顔をして腕組みをしている男は、野々垣と呼ばれていたが、横柄な態度や仕立てのいいスーツから判断すると、幹部のようだ。困ったことに、塗師武春《たけはる》組長はガンで入院中らしい。

「すみません。これはまだ、もう少しかかると思います」

「鍵屋。さっきから、もう少し、もう少しって、言い訳ばっかじゃねえか！」

見るからに厳《いか》つい風貌《ふうぼう》で筋骨隆々の坂口が、苛立《いらだ》った声を出す。

「なにぶん、普通のドアじゃないですからね。……それにしても、鍵がないっていうのは、どうしてなんですか？」

黙っていると、ますます立場が悪くなりそうだったので、榎本は、やんわりと反撃した。

「ここの鍵は、たしか、野々垣が管理してたのよね？」

美沙子が、振り向いて訊ねる。

「そうですが、鍵を落としたり奪われたりしたら、一大事ですからね。極力、持ち歩かないようにしてたんすよ」

野々垣は、身長が190センチ近く、薄い眉の下の切れ長の目は、ほとんど瞬《また》かなかった。周囲のすべてを見下しているような傲岸不遜《ごうがんふそん》な態度だったが、唯一、美沙子に対してだけは気を遣った話し方をしていた。

「まあ、事務所内には、必ず誰か一人は残しておくことにしてましたんで、こういう事態は想定してませんでした」

「それにしても、いざというときのためのスペアキーくらい、どこかにないの？」

「それが、銀行の貸金庫に入れてあるんですが、あいにく今日が日曜日なもんで、出せないんすよ」

榎本は呆《あき》れた。不手際というより、わざとやってるとしか思えないほどの間抜けさ加減ではないか。

そのときふと、野々垣から香ってきた臭いに眉をひそめる。

これは、ウィスキーだ……。油断ならない外見とは裏腹に、この男は自分を律することができない酒飲みなのだろうか。もしそうだったら、よけいに暴発する危険が大きくなる。

「銀行に強く言って、貸金庫を開けさせたらどうですか？　事情を説明すれば……」

榎本のアドバイスに、坂口が、嚙《か》みつきそうな声を出す。

「その事情を説明したくねえから、おめえを呼んだんだ！」

「このご時世に、ことさら警察の注意を引くようなことはしたくないの」

美沙子も、沈んだ声で言う。

「ですが、もし、中にいる人が、急病で意識を失ってたりしたら」

榎本は言いかけたが、険悪な雰囲気を感じて、途中で言葉を呑《の》み込んだ。

こんな鍵を一つ一つピッキングしていたら、何時間かかるかわからなかった。やむをえず、一度開けかけて断念した穴に、もう一度チャレンジすることにした。

ドリルビットを一つだめにしてしまったが、二十分ほどかけて、何とか穴を貫通させることに成功した。そこからサムターン回しを挿入したが、サムターンもまた一筋縄ではいかなかった。プラスチック製のサムターン・ガードが付いていたのだ。

一度サムターン回しを引き抜き、今度は、サムターンの魔術師との異名を取った知り合いから譲り受けた、『アイアイの中指』と呼ばれる特製の道具に替えた。先端に付いた鋸歯《のこぎりば》で、プラスチック製のガードを破壊して、ようやくサムターンを回すことに成功する。

結局、六つの鍵を突破するのに、たっぷり一時間半くらいかかったが、これでも奇跡と言えるくらい迅速な仕事ぶりだっただろう。

ようやくドアを開けかけると（厚い鉄板を貼ったドアは、よく蝶番《ちょうつがい》が保《も》つなと思うくらい重かった）、また何かに阻まれる。内からドアガードがかかっているのだ。

「ああ……まだあるの？」

美沙子が、溜《た》め息をついた。

「これなら、だいじょうぶですよ。ほとんど、時間はかかりません」

榎本は、専用の工具を使い、簡単にドアガードを外した。榎本を除く全員が、慌ただしく中に入ろうとする。

「それでは、私は、ここで失礼します」

榎本は、その場に留《とど》まって頭を下げた。ここで代金を貰《もら》っておかなければ骨折り損になるかもしれないが、これ以上は関わらない方が無難だろう。

そう思っていたら、美沙子に腕を引っ張られた。

「榎本さんも、入って」

「いや、私の仕事は、もう終わりましたから」

「榎本さんは信頼できる人だって父が言ってたわ。もしかしたら、身内以外の証人が必要になるような気がするから」

美沙子は、真剣な目で、迷惑千万なことを言う。

「お嬢、待ってください。組事務所に部外者を入れるのは、まずいっすよ」

難色を示したのは野々垣だった。そのとおり。もっと言えと、榎本は内心でエールを送る。

「俺も、そう思います。今回ばかりは、野々垣の言うとおりですよ」

坂口も同調する。おや、と榎本は思った。どうやら、坂口と野々垣はあまり仲が良くないらしい。それに、野々垣と呼び捨てにしているところを見ると、地位も対等か、坂口の方が若干上なのかもしれなかった。

「鍵屋。おめえは帰れ。今日見たことは、誰にも言うんじゃねえぞ」

坂口の念押しに、榎本は、わかりましたと答える。撤収だ、撤収。

「いいえ。榎本さんにも、立ち会ってもらいます」

美沙子が、断固とした口調で、榎本の希望を打ち砕く。

「さあ、上がって」

美沙子に強引に引っ張られて、榎本は、組事務所に入った。

目よりも先に、鼻が異状を察知していた。これは火薬の臭いだ。まさか部屋の中で花火をしていたわけではないだろう。

見たくない。

何を見ることになるのかは、予想がついた。証人になんか、なりたくなかった。

そして、榎本の予想は、最悪の形で的中した。

一番奥まった部屋で、一人の男が椅子に座ったまま事切れていた。背もたれに身を預け、開いた口は天井を向いている。部屋の中には、玄関から臭った硝煙がかすかに漂っている。だらりと垂れた手の先に、拳銃が落ちている。

男は、自分の口に向けて発砲したらしく、後頭部に大きな穴が開き、背後の壁には血液と脳漿が飛び散っていた。

「こいつは、自殺だな」

野々垣が、今日はいい天気だなと言っているような平静な声でつぶやいた。

「若頭《カシラ》のときと、同じだ。後を追いたかったのかもしれねえな」

「そんな……ミツオくんが」

美沙子は、ショックのせいで蒼白《そうはく》な顔色になっていた。

「信じられない。ううん、そんなの、ありえないわ。ミツオくんに限って。きっと、誰かに殺されたのよ！」

「お嬢。組事務所は、普通のマンションの部屋とは違いますよ。窓にも鉄格子が嵌まってる完全な密室です。誰かが中に入ってミツオを殺すことは不可能っすよ」

野々垣が、諭すように言う。

密室という言葉を聞いて、榎本はこっそりと溜め息をついた。なぜ、こんな事件にばかり付きまとわれるのか。この連中に警察に通報しましょうと言っても、たぶん無意味だろうし。

「でも、ミツオくんが、どうして自殺しなきゃならないの？」

美沙子は、まだ納得できないらしい。

「ミツオは、若頭《カシラ》を慕ってましたからね。若頭《カシラ》が自殺したときも事務所にいたし、たぶん、責任を感じてもいたんでしょう。おそらく、発作的にやったことでしょう」

野々垣は、淡々と説明する。

死体があっただけでもとんでもない事態だったが、話は、ますますキナ臭くなっていく。これ以上、関わり合いになりたくはなかったが、同時に、榎本は遺体と部屋の様子に不審を感じていた。

「これは、いったい何でしょうか?」

榎本は、床から数ミリ四方の紙切れを拾い上げる。

「……黒いボール紙のようですね。細かくちぎれた」

「火薬の臭いがするな」と、犬山が紙切れに鼻を近づけて言う。

野々垣は、眉をひそめて凝視したが、なぜか動揺した様子で目をそらす。

「何なの、それ?」と、美沙子。

「わかりません。ですが、自殺だとすると、少々妙な点があります」

ミツオの口元を指す。唇と前歯が吹き飛んでいる。

「ふつう自殺するときは、確実に死ねるように拳銃をくわえるものですが、拳銃を口から少し離した状態で発射しているようですね」

「じゃあ、やっぱり、誰かが撃ったっていうこと?」

「ああ? てめえは刑事か? 鍵屋ふぜいが、よけいな口を出すんじゃねえ!」

野々垣が、不機嫌な声で榎本を牽制《けんせい》する。

「だけど、ドアの鍵は合鍵があればかけられるわね。榎本さん。さっきドアガードを簡単に開けてたけど、あれは、外から閉めることもできるの？」

「ドアガードとかドアチェーンは、ただ瞬間的に侵入をストップするだけのものですから、やり方さえ知ってれば、外から開け閉めするのは簡単です。実は、さっき私が使ったような特殊な工具も必要ないんですよ」

「てめえ、俺がやったとでも言うつもりか？」

野々垣は、美沙子には向けられない矛先を、榎本に向ける。

「……とにかく、防犯カメラの映像を見てみましょう」

見るからに凶暴そうな大男たちの中にあって、この場を仕切っているのは美沙子だった。

全員で防犯カメラの映像を確認すると、厳しい表情の坂口がうなずいた。

「これを見る限りでは、野々垣が事務所を出たときには、ミツオはまだ生きていたはずです。野々垣はドアに触ってないから、鍵をかけたのもミツオだとしか考えられません。その後、野々垣たちが引き返してくるまで、監視カメラには何も映っていません。……お嬢。こいつは、やはり自殺としか思えませんね」

「あたりまえだ。まさか、本気で俺を疑ってたわけじゃねえよな？」

野々垣は、じろりと坂口に眼《ガン》をくれる。

「やれたとしたら、おまえしかいねえからな」

坂口は、平然と野々垣を見返した。

「わかった。ミツオくんは可哀想なことをしたけど……。榎本さん。このことはくれぐれも他言無用にお願いします」

美沙子が言う。

坂口が、蛇革の財布から十数枚の万札をつかみ出して手渡そうとした。

「ちょっと待ってください。今の時点では、自殺と結論を出すのは時期尚早ではないでしょうか」

このまま金を受け取って立ち去る方が無難とわかっていたが、榎本は、どうしても黙っていられなかった。

「ふざけるな！　てめえが、ごちゃごちゃ茶々入れることじゃねえんだよ！」

野々垣が威嚇するが、美沙子が制する。

「榎本さん。それって、何か根拠があるの？」

「何より、タイミングが妙だとは思いませんか？　どうして、一人で留守番しているときに、死ぬ必要があったんでしょう？」

「一人のときしか、拳銃《チャカ》を持ち出せなかったからだろうが」

野々垣が、吐き捨てる。

「それにしても、ドアの鍵を内側からかけて自殺なんかしたら、組に迷惑をかけることは、わかりそうなものです」

「は。ミツオは、アルコールで脳が半分溶けてたからな。てめえがくたばった後のことまで、かまっちゃいられなかったんだろうよ」

野々垣が、せせら笑った。さすがに、白けた空気が漂う。

「そんな言い方は、ひどすぎるでしょう！」

美沙子は、気色ばんだ。

「アルコール？　というと、ミツオさんはアルコール依存症だったんですか？」

榎本の問いに答えたのは、美沙子だった。

「ええ。だから、ときどき記憶が定かじゃないことがあったし、あまり複雑な指示はこなせなかったわ。でも、ミツオくんは、他人に迷惑をかけるようなことは絶対しなかった」

「なるほど。今でも飲酒することはあったんですか？」

「いいや。ミツオは無類の酒好きだったがな、組長《オヤジ》に言われて、すっぱりと禁酒したんだ。この調子で酒を飲み続けるのは、てめえでてめえの首を絞めてるようなもの――ゆるやかに自殺してるのと同じだぞってな」

坂口が補足する。

飲酒は、ゆるやかな自殺……。よく使われる表現だが、榎本は、はっとした。ばらばらだった断片が、その瞬間、一つに結びついたような気がする。

「なるほど。どうやら、おおよその手口はわかったと思います。これは自殺ではありません。れっきとした殺人です」

「本当？」

美沙子が叫ぶ。

「どうやったっていうの？」

美沙子は、ちらりと野々垣を見やる。

「説明する前に、いくつか教えてください。若頭《わかがしら》が亡くなったときの状況は、ミツオさんとよく似ていたんですか？」

「ええ。岡崎さんも、先月、拳銃自殺をしたの。ミツオくんと同じ椅子に座って」

美沙子は、目を伏せた。辛《つら》い記憶らしい。

「撃ったのは、やはり口の中でしたか？」

「いいえ。眉間だったわ」

「それも不思議な話ですね。角度が悪いと、弾が頭蓋骨《ずがいこつ》に当たって逸《そ》れる可能性もあるし、銃口をあてがうには眉間よりこめかみの方が自然だと思いますが。自殺だったというのは、間違いないんですか？」

「間違いねえ。手から硝煙の臭いがしたからな」と、犬山。どうやら、そのときも警察には届けないまま処理したらしい。

「さっき、野々垣さんは、ミツオさんも事務所にいたと言ってましたが？」

「見つけたのも、ミツオくんなの。あの日、ミツオくんは一人で電話番をしてたんだけど、岡崎さんが急に来て、部屋に閉じ籠《こ》もったらしいの。ミツオくんは、ソファでうとうとしていたら、拳銃の発射音で飛び起き、あわてて部屋に行くと岡崎さんはすでに死んでいたって……ねえ、もしかしたら」

美沙子の黒曜石のような瞳《ひとみ》に、ふいに雌豹《めひょう》のように凶暴な光が宿る。

「二人は、同じ手口で殺されたってこと？」

「いや、違うと思います。もっとも、自殺に見せかけるという発想は共通していますから、同一人物の犯行である可能性はありますが」

榎本は、勇を鼓して答える。この世界で、いったん口に出したことは、間違いましたではすまない。塗師武春組長が不在である以上、万一の場合、庇《かば》ってくれる人間はいない。

「ミツオさんは、うとうとしていたわけですね。犯人に何かを飲まされた可能性は大ですが、その間に、犯人が侵入することは可能だったはずです。組員ならば、岡崎さんに近づいても、不審は抱かれなかったでしょう。そして、座っている岡崎さんの眉間に、いきなり銃を突きつけた」

「だが、若頭《カシラ》の手からは、たしかに硝煙の臭いがした。かりに警察《デコスケ》が検査してたとしても、火薬残渣《ざんさ》反応が出てたはずだ。ミツオは、銃声は一回きりだったと言ってたし、見つかった弾丸も一発だけだったから、銃を握らせてもう一発撃って小細工もできねえし」

犬山が反論する。

「岡崎さんは、とっさに銃をつかんだんじゃないでしょうか。その瞬間に弾が発射されれば、手には硝煙が付着します」

ヤクザたちは、絶句した。単純すぎて、盲点になっていたのかもしれない。

「でも、ミツオくんは、銃声を聞いて、すぐに部屋に飛び込んできたのよ?」

「それから、どうしました?」

「部屋を飛び出して、隣の事務室から電話をかけたはず」

「その後は?」

「マンションの中をうろうろしてたみたい。事務所に一人でいるのが怖かったらしくて」

「そのとき、すでに、この監視カメラはあったんですか?」

ヤクザの事務所には付き物のはずだ。

「ああ。だが、そのときの様子は録画されてなかった」

坂口が唸る。

「なぜですか？」

「ハードディスクがいっぱいで、なぜか、上書きするスイッチがオフになってたんだ」

坂口は、じろりと野々垣を見た。

「ミツオにまかせたのが、間違いだったな」

野々垣は、唇を歪めてうそぶいた。

「なるほど。だとすると、犯人はしばらく、この部屋のどこか——机の後ろにでも隠れていればよかったことになりますね。そして、ミツオさんがいなくなってから、抜け出したんです」

榎本は、野々垣の表情を窺《うかが》った。無言のまま、氷の刃《やいば》のような目が突き刺さる。

「もし、誰かが本当に岡崎さんを殺したんなら、わたしは絶対に許さない。でも、それが、ミツオくんの事件とどう関係するの？」

「これは想像ですが、ミツオさんは、岡崎さんが亡くなった現場で、犯人にとって不都合な何かを目撃してしまったのかもしれません。だから、口封じのために殺されたんじゃないでしょうか」

「おもしれえ鍵屋だな。いや、気に入ったわ」

野々垣が、不気味な笑みを浮かべて言う。

「だけど、そこまで言っちゃったら、ただじゃ済まねえなあ。聞いてると、俺が犯人だって面と向かって言ってるようなもんだからな」

野々垣は、榎本のすぐそばに来て、物凄《ものすご》い目で見下ろした。

「証明してみろや。できたら、おめえの勝ちだ。しかし、できなかったときは、わかってるだろうな？　組長《オヤジ》の知り合いだろうが何だろうが関係ねえ。ヤクザの面《つら》に唾を吐きかけたら、後はもう、どっちかが死ぬって結末しかねえんだよ」

「……わかりました。それでは、証明してみましょう」

榎本は、覚悟を決めて言ったが、今日は厄日だと思う。なぜ、一円にもならないことで、命をかける羽目になってしまったのだろう。本音では、泣きたいような気持ちだった。

3

「最初に、この組事務所ですが、めったにないくらい完全な密室だと考えていいでしょう。その点は、たしかに野々垣さんの言ったとおりです」

事件のあらましを聞いた後、榎本は窓を指さした。

「窓格子は、強度の高いステンレス製のようですが、この太さだったら特注品でしょうね。一般家庭用のちゃちな縦格子とは違って、侵入も脱出も不可能です。ベランダの方はさらに厳重で、カナブンよりも大きな生き物は、金網を通り抜けることができません。したがって、犯人は、玄関ドアを通る以外に、出入りする方法はなかったことになります」

「だが、監視カメラには、誰も映っていなかった。野々垣以外にはな」

坂口が、眉を寄せ、鍾馗《しょうき》様のような目つきでつぶやく。

「はい。ですから、犯人は、野々垣さんとしか考えられません」

「あーあ。この鍵屋、とうとう言っちゃったよー。俺が犯人だって。こいつは、いよいよ、取り返しがつかねえなあ」

野々垣が、笑いながら言うが、ほかに笑う者はいない。

「だがよう、そいつはありえねえんじゃねえか？　野々垣が玄関を出た後、鍵をかけたのはミツオしかいねえじゃねえか？」

坂口が、太い腕を組んだ。

「ちょっと待って。でも、ミツオくんの姿は、監視カメラには映っていなかったでしょう。もしかしたら、このとき、もうミツオくんは殺されてたってこと？」

美沙子が、真剣な表情で訊く。どことなく、青砥純子《あおとじゅんこ》を思わせる表情だった。

「いいえ。ドアを施錠したのは、まちがいなくミツオさんだったはずです。野々垣さんは、外から施錠することは不可能でした。鍵もなかったし、ドアに手すら触れていないことは、監視カメラの映像が証明しています」

「だったら……どうなるの？　やっぱり、自殺だったとしか」

美沙子は、狐につままれたような顔になった。

「野々垣さんに、お伺いしたいんですが」

榎本は、黙って佇《たたず》んでいる長身のヤクザに向かって言った。

「玄関を出てすぐに、どこかに電話をかけませんでしたか？」

野々垣は、答えなかった。

「電話？　どういうこと？」

代わって、美沙子が反問する。

「防犯カメラの映像を注意深く観察すると、野々垣さんの姿が画面から外れる直前ですが、内ポケットを探っているように見えたんです」

全員の目が、野々垣に集中した。

「……たしかに、電話はかけた。だったら何だってんだ？　ああ？」

「電話の相手は、誰ですか？」

「そんなこたあ、てめえにゃ関係ねえだろう！」

野々垣は、獣のように唸《うな》る。

「野々垣。答えて」

美沙子が促したが、野々垣は無言のままだった。

「履歴を調べれば、すぐにわかることですよ」

榎本は、追い打ちをかける。

「ふん。俺のケータイの記録を、どうやって調べるつもりだ？」

野々垣は、せせら笑うように歯を見せた。

「いいえ。調べるのは、携帯電話ではなく事務所の固定電話の着信履歴です。野々垣さんの携帯電話なら、当然、事務所の電話には番号が登録されているでしょうからね」

榎本と野々垣を除く全員が、呆気《あっけ》にとられたようだった。

「何？　野々垣は、玄関を出てすぐ、事務所にかけたっていうの？　何のために？」

「待てよ。昔のドラマかなんかで見たことがあるぞ！　てめえ、ミツオに死ぬように電話で命令したんじゃねえのか？」

「坂口さんよ。前から思ってたんだが、てめえ、馬鹿だろう？」

野々垣が、挑発するように口を歪《ゆが》める。

「そりゃあ、たしかにミツオは、俺の言うことは何でも聞いてたさ。だからってな、電話で死ねと言われて死ぬやつがいるか？」

「催眠術だ」

　坂口は、大まじめに言い返す。

「ミツオは催眠状態だった。そこへ電話で意識下に埋め込まれたキーワードを聞かされて、自殺したんだ」

　意外なことに、こう見えても、ミステリードラマのファンなのかもしれない。

「俺にそんな面白い真似ができるんならなあ、ミツオの前に、てめえに電話してるよ」

　野々垣は、いかにも馬鹿馬鹿しいというように両手を広げる。

「……たしかに、催眠術でミツオさんを自殺させたという説には、無理があると思います」

　榎本が、議論を引き取る。

「催眠術では、普段その人がやらないようなことをさせることはできないと、聞いたことがあります。だとすれば、自殺させるというのは、まず不可能でしょう」

「野々垣。さっきの質問に答えて。ミツオくんに電話して、いったい何を話したの？」

　美沙子に再度訊ねられて、野々垣は、渋々といった体で答えた。

「居眠りしねえで、きっちり電話番をやるよう、釘《くぎ》を刺しといただけですよ」

「そんなことなら、わざわざ電話なんかかけなくても、事務所から出る前に言えばいいじゃない？」

「歩き出してから、言い忘れたことに気がついたんでね」

どうやら、凶悪なだけでなく、口の減らない男でもあるらしい。

「鍵屋。言い出しっぺは、おめえだろう。催眠術でないんなら、野々垣は電話で、いったい何を言ったんだ？」

坂口は、野々垣に何を言ってもはぐらかされるだけだと悟ったのか、榎本に話を振る。

「そうですね。はっきりとはわかりませんが、おおむね野々垣さんの説明通りなのではないでしょうか」

「はあ？」

予想外の答えだったらしく、坂口が声を荒げる。

「何だ、そりゃ？　そんな話で、どうやってミツオを殺せたってんだ？」

「電話によってミツオさんを死に至らしめたわけではありません。むしろ、死なないようにしていたんでしょう。野々垣さんが一階に着いて、銃声が聞こえたときのアリバイを誰かに証明させるまではね」

沈黙が訪れた。

「つまり、何でもよかったってこと？　ミツオくんを電話で縛って、何かをさせないようにしていただけ？」

　美沙子が、頭の中を整理しているように、ゆっくりと言う。

「そのとおりです」

「なるほど。そこまではいい。だったら、どうして、ミツオは自殺なんかしたんだ？」

　坂口も、頰に手を当てて、頭をフル回転させているようだった。

「犯人は、あるトリックを使ったんだと思います」

　榎本は、ちらりと野々垣に目をやった。あきらかに、脅威を感じて固まっている。

「そして、もし、私が考えたトリックでミツオさんが殺されたとすれば、犯人はどこかに、動かぬ証拠を残しているはずです」

「証拠？　いったい何？」

　美沙子が眉根を寄せて訊ねる。

「拳銃です」

「拳銃？　それだったら、現場に残ってたじゃない？」

「ダミーの拳銃と言った方がいいでしょうか。犯人には、どうしてもそれを処分する必要があったはずなんですよ」

　榎本は、全員を促して廊下に出ると、歩きながら並んでいるドアに目を光らせる。

「犯人は、事務所を出て廊下を歩くと、エレベーターに乗り、一階で下りました。事務所の前と同様に、エレベーター内にも監視カメラがありますし、一階では犬山さんの視界に入ります。つまり、証拠を隠すことができたのは、事務所からエレベーターまでの、この廊下のどこかということになります」

榎本は、ゆっくりと廊下を歩きながら、説明する。

「このマンションは、昼間はほとんどの部屋が留守なようですね。しかし、いくら何でも、住人がいる部屋は使えないでしょう。だとすると、可能性があるのは、この部屋だけです」

榎本が指さしたのは、表札がない部屋だった。

「電気メーターが回っている形跡がありませんが、組の方だったら、皆さん、ここが空き室かどうかは、ご存じでしょう？」

「たしかに、ここは、ずっと空き部屋だ」

坂口が答えた。

「では、ドアを開けてみましょうか」

榎本は、そのとき、後頭部に冷たい物が押し当てられるのを感じた。

「もういい。これ以上、てめえのタワ言につきあってる暇はねえんだ。この場で死ねや」

「野々垣。拳銃《チャカ》を引いて」

美沙子が、冷静な口調で言う。

「いや、これ以上素人にコケにされて黙ってたんじゃあ、沽券《こけん》に関わります。いくらお嬢の言葉でも、従えませんね」

「おい。止めろ」

坂口が、野々垣に拳銃を向けたらしい。こいつらは、いつも拳銃を持ち歩いているのか。榎本は、呆然《ぼうぜん》としていた。正気の沙汰《さた》じゃない。職務質問を受けたら、アウトだ。

「ふん。てめえが引き金を引く前に、俺は鍵屋を撃つぞ」

「そうかい。好きにしな」

坂口は、冷然と言う。勘弁してくれ。榎本は、心の中で悲鳴を上げた。

そのとき、絶妙のタイミングで、エレベーターが上がってくる音が聞こえた。

「てめえら、廊下で何やってんだ？　とち狂ったか？」

痰《たん》の絡んだ老人の声。榎本は、心の底から安堵《あんど》を覚えていた。

「組長《オヤジ》！」

「入院中なんじゃ？」

まわりから、驚いた組員たちの声が沸き起こる。

「てめえらが、雁首《がんくび》そろえて大馬鹿野郎ばかりだから、おちおち入院もしてられねえんだよ。……榎本さん。ご苦労だったな」

「はあ。それより、今のこの状態を、何とかしてください」

「おい。二人とも、道具を引かんか！」

塗師武春組長の命令で、坂口が銃口を下げる。

「野々垣。てめえもだ」

野々垣は、しばらくためらっていたが、不承不承、銃を下ろした。

「不細工なところをお目にかけて、相すみません。この鍵屋が、俺がミツオを殺したとか、ふざけたことばかりぬかしやがるもんで」

野々垣は、組長に対しては、へつらうような口調で言う。

榎本は、ようやく頭を巡らせることができた。塗師組長は、ステージ3のガンのせいで、顔色は土気色だが、背筋はしゃんとしていた。両側には屈強なボディガードが控えている。背広の内ポケットに手を突っ込んでいるところを見ると、こいつらも武装しているのだろう。これだけ暴力団への警戒や締め付けが厳しくなっている中で、いったい何を考えているのか。

「榎本さん。どういうことかな？」

塗師組長の質問に、美沙子が小声で事情を説明する。

「……それで、犯人がその部屋に隠した証拠ってのは、いったい何なんだ？」

「今、お目にかけます」

榎本は、空き室の錠前をピッキングで解錠しようとする。組事務所とは違ってありふれたシリンダーなので、いつもなら秒殺できたが、拳銃を突きつけられた動揺のせいか、何度もピックやテンションを取り落としそうになり、手元が定まらない。

「犬山さんに、ちょっと、お訊ねしたいんですが」

間を持たせるためもあって、質問する。

「答えろ」と、塗師組長。犬山は、頭を下げる。

「そもそも、今日、あなたが呼ばれたのは、なぜですか？」

「野々垣の兄貴の車を運転するためだ」

「そういうことは、よくあるんですか？」

「いや……めったにねえ。兄貴は、ふだんは自分で運転される」

よけいなことを言うなというように、野々垣は、咳払《せきばら》いをする。

「それで、銃声を聞いて、証人になったわけですね。野々垣さんが来たときに、何か異状に気づきませんでしたか？」

「異状？……別になかったが」

「犬山さんは、鼻がきくようですね。さっき、このボール紙に染みついた硝煙の臭いに気がついたでしょう」

つなぎのポケットから、さっき拾った黒いボール紙の破片を取り出して見せる。

「それが何だ?」

「野々垣さんからは、何か臭いがしませんでしたか?」

野々垣は、犬山を睨み付けていた。

「あ。そういえば……」

犬山は、はっとしたようだった。

「臭いって?」

美沙子が、眉間にしわを寄せる。

「私も、ドアを開けているとき、嗅いだような気がするんです。アルコール……おそらく、ウィスキーか何かの臭いがしたと思うんですが」

榎本の指摘に、犬山は大きくうなずく。

「たしかに。それも、シングルモルト。控えめな樽香《たるこう》と、洋梨のようなフルーティな香りが特徴の」

「それでてっきり、野々垣さんはアルコール依存症で、昼日中から飲んでいるのかと思ったのですが、そうではなかったようですね……あ。開きました」

榎本は、空き部屋のドアを開けた。ドアの内側にはドアポストがある。すぐに蓋《ふた》を開けて中に手を突っ込もうとして思いとどまった。取り出した瞬間、ボディガードらに誤解されて、射殺される危険性がある。

「お嬢さん。たいへん申し訳ないのですが、この中にあるものを取り出してもらっていいでしょうか？」

美沙子が、ドアポストに手を突っ込むと、黒い自動拳銃を取り出して、呆然と眺める。

「おい。危ねえぞ。そいつは坂口に渡せ」

塗師組長が気遣わしげに言うが、榎本が答える。

「だいじょうぶです。それは、たぶん水鉄砲ですから」

「水鉄砲？　馬鹿にしないで。これはグロック17……間違いなく本物よ」

美沙子が、憤然と言う。

「ええ。そう思われるのも当然ですが、おそらくは本物を改造して作った水鉄砲でしょう。銃口を見てください」

美沙子は、言われたとおり銃口を覗《のぞ》いて、ぽかんと口を開ける。

「本当だ。穴が……」

銃口はほとんど塞がっており、ぽつんと針で突いたような穴が開いていた。

「撃ってみてください」

美沙子は、銃口を榎本に向けてから、真上に向け直し、引き金を引いた。液体がわずかに噴出する。ウィスキーの匂いがした。

「グレンフィディック12年だ」と犬山。

「その水鉄砲は、持った感触では本物の拳銃とまったく変わらないはずです。逆に言えば、本物の拳銃の銃口にピンホールを開けた黒いボール紙の蓋を嵌め込んだなら、その水鉄砲と区別が付かないでしょう」

「いったい、何の話だ？　儂《わし》には、さっぱりわからんが」

塗師組長が、困惑したように言う。

「皆さんは、水鉄砲に酒を入れて、口の中に発射してみたことはありませんか？」

美沙子は、はっとしたようだった。

「まさか……そうやって、ミツオくんを騙《だま》したっていうの？」

「はい。犯人は、この水鉄砲に高級ウィスキーを仕込んでおくと、事務所にいる間、何度も自分の口の中に向けて発射して見せました。本物の銃とそっくりの重さと感触を認識させるために、ミツオさんに水鉄砲を触らせたかもしれません。酒好きのミツオさんにとっては、たまらない匂いだったでしょうね。それから、犯人は、水鉄砲を鍵のかからない引き出しに入れて見せると、外出しました。禁酒中だけに、さぞかし抗しがたい誘惑だったでしょう。野々垣さんの電話が終わると、ミツオさんは矢も楯《たて》もたまらず引き出しから水鉄砲を取り出し、自分の口の中に発射したんだと思います」

榎本は、野々垣を見る。

「しかし、それは水鉄砲ではありませんでした。犯人は、水鉄砲を引き出しにしまったように見せかけ、実際には持ち去ったからです。そこに置いてあったのは、本物の拳銃でした。銃口にはピンホールの開いたボール紙で蓋をしてあったため、ミツオさんは水鉄砲と信じて疑わなかったでしょう。自分の口に向けて引き金を引くと、自動的に安全装置が解除され、銃弾が発射されて、ミツオさんは絶命しました。口から少し離して撃ったので、ボール紙の蓋だけでなく、唇や前歯まで吹っ飛ぶことになったんです」

「もういい」

塗師組長が、陰惨な声でつぶやき、野々垣を見やる。

「何だ、その陰湿なやり方は？　真っ当なヤクザのやることじゃねえ。この外道が」

「じゃあ、ミツオくんだけじゃなく、岡崎さんも、あんたが殺《や》ったのね？」

美沙子が、火の出そうな目で野々垣を睨み付けた。

「待ってくれ。これは罠《わな》だ！　こいつが俺をハメようとしてるんだ！　俺がやったっていう証拠は、どこにもねえはずだ」

野々垣は、蒼白になった。

「てめえの囀《さえず》りは、もう聞き飽きた。ヤクザに証拠はいらねえんだよ」

坂口が言って、野々垣に拳銃を向けた。犬山と二人のボディガードも、野々垣に向かってそれぞれ拳銃を構える。

「それでは、仕事も終わりましたので、私はそろそろ失礼します」

榎本は、手刀を切って、そそくさと現場から退散する。組員たちが立ち塞がりかけたが、塗師組長が、行かせてやれと顎《あご》をしゃくった。

報酬を貰い損ねてしまったが、今はそれどころではない。エレベーターに乗っている間、榎本はずっと両耳に人差し指を入れていた。

ジムニーに乗り込んでエンジンをかけたときに、マンションの上階の方から、ようやく、ぱんぱんと乾いた音が響いてきた。

このマンションには、おそらく、耳の悪い住人ばかりが住んでいるに違いない。

榎本も、気にしないことにした。きっと、誰かが爆竹でも鳴らしたのだろう。

ミステリークロック

1

「きれいはきたない。きたないはきれい」

森怜子《もりれいこ》が、大ぶりなワイングラスを目の前に掲げ、美しいルビー色のワインを回しながらつぶやいた。名門女子大在学中に女流ミステリー作家として華々しいデビューを飾ってから今日で三十年になるが、五十代になった今も美貌《びぼう》に衰えを見せていない。まさに美魔女だと、彼女の横顔に見とれながら青砥純子《あおとじゅんこ》は思う。

「『マクベス』の魔女の台詞《せりふ》ですね」

隣の席の本島浩一《もとじまこういち》が、サーフィンで日焼けした顔に皺《しわ》を刻みながら森怜子に微笑《ほほえ》みかける。大手出版社である飛島《とびしま》書店の文庫編集長で森怜子の初代の担当編集者だったから、作家生活三十周年の晩餐《ばんさん》会に招かれることは不思議ではなかったが、本島が彼女に向ける視線には、それ以上の深い思いが感じられた。

「ええ。わたしには、とても大切な言葉なの。ミステリーの極意である以上に、実人生にも通じるところがあるでしょう？」

　森怜子も、心底気を許した相手にだけ見せる、とっておきの笑顔で答える。そういえば、二十年くらい前だが、本島と森怜子のダブル不倫が週刊誌の見出しになったことがあった。本当に密会していたとしたら、美男美女のカップルだけにさぞかし人目を引いたに違いない。二人ともきっぱり疑惑を否定したものの、後にどちらも離婚している。虚報のせいで夫婦に溝ができた可能性もあるが、不倫は事実だったのかもしれない。二人が見交わす目を見ると、そんな気がした。

「ずっと前に、舞台で――帝劇《ていげき》だったかな？――マクベス役をやりましたよ。三人の魔女の特殊メイクはけっこう不気味で迫力があったんだけど、その台詞の意味は、いまいちぴんとこなかったなあ」

　そう言ったのは、俳優の川井《かわい》匡彦《まさひこ》だった。森怜子の亡くなった姉の一人息子であり、今や唯一の血縁者である。長身と甘いマスクで若い頃は注目されたが、近年では映画やテレビに出演する機会がめっきり減って、間近で見ると、目の下の隈《くま》や血色の悪い肌が荒れた生活を物語っているようだ。今日の晩餐会のメンバーに加えられた理由はわからなかったが、少しでも顔つなぎになればという森怜子の思いやりだろうか。

「要は、物事の本質をよく見極めろってことじゃないのかね。少々見てくれがいいからって、中身まできれいとは限らんからな」

熊倉省吾《くまくらしょうご》が、ちらりと本島を見ながら、ねちっこい口調で言う。なぜこの席に彼を招いたのだろうと、純子は不思議に思っていた。子供こそいなかったものの、森怜子の前夫であり、本島に対しては面白からぬ感情を抱いていることだろう。そこそこ大きな病院を経営している内科医としてのプライドと、寝惚《ねぼ》けたモグラを思わせる風貌への劣等感がせめぎ合うのか、横柄と卑屈の間を微妙に行き来している。

「……私は、てっきり、シェイクスピアの野球に関する箴言《しんげん》かと思ってました」

榎本径《えのもとけい》が、奇怪な発言をする。

純子は、眉《まゆ》をひそめた。ここに座っているだけでも場違いだというのに、何を言っているのか意味不明である。この山荘には高価な美術品のコレクションがあるので防犯の専門家を紹介してほしいという森怜子のリクエストに対して、躊躇《ちゅうちょ》しつつも榎本を引き合わせたのは他ならぬ純子だったが。

「野球？　どういう意味ですか？　だいたい、シェイクスピアの時代に、野球なんかないでしょう？」

川井が、ぽかんとした顔で訊《たず》ねる。

「Fair is foul, and foul is fair.」

低いよく通るバリトンで答えたのは、時実玄輝《ときざねげんき》だった。森怜子の現在の夫であり、一部でカルト的な人気を誇るミステリー作家である。肘当《ひじあ》ての付いた茶色いコーデュロイの上着を着て、いかにも作家然とした押し出しだが、ウェリントン眼鏡の奥の目はほとんど瞬《また》かず、じっと見つめられると妙に居心地が悪い。

「榎本さんが、原文をご存じとは思いませんでした。たしかに『フェア』と『ファウル』をそのままカタカナで訳したら、野球っぽく聞こえますね」

「榎本さんの言うことなんか、いちいち真剣に取り合わなくたっていいですよ。もともと、ひねくれ者ですから」

純子が口を挟むと、森怜子が笑った。

「今宵《こよい》、ここに集《つど》っているのは全員がそうでしょう？　ひねくれ者たちの夜会ね。だけど、いくら何でも野球はないわ。きれいはきたない。森羅万象に通じる至言のはずよ」

「そうですね。きたないは、きれいです」と、純子は応じる。

車椅子に座っている引地《ひきじ》三郎《さぶろう》が、堪《こら》えきれなくなったように噴き出した。

「わっはっは！　だとすると、ここにいる女性陣は、皆きれいだということか！」

誰も二の句が継げず、広いダイニングに引地の馬鹿笑いだけが響き渡った。

純子は、唖然《あぜん》としていた。冗談にも何にもなっておらず、単純に失礼なだけではないか。だいたい、ここにいる女性は、森怜子と秘書の佐々木《ささき》夏美《なつみ》、それに自分の三人だけである。美魔女の森怜子や、法曹界きっての美貌を誇る自分は言うに及ばずだし、夏美も、モデルで通用しそうな容姿の持ち主である。あとは、お手伝いさんの山中綾《やまなかあや》香《か》だが……少なくとも、こんな小汚い爺《じい》さんから汚いなどと言われる筋合いはない。

今晩の招待客の中で最も理解に苦しんだのが、ヒキジイこと、この引地だった。森怜子や時実からすると、一応は先輩ミステリー作家ということになるのだろうが、作品を書かなくなってからすでに久しいし、そもそも、現役時代にたいした実績があるわけではない。

「今気がついたけど、このグランドファーザー・クロックって、振り子が動いてますよね。前に来たときは、壊れてて動かなかったでしょう?」

おかしくなった雰囲気を取り繕おうとしたのか、川井がダイニングの壁際にある年代物のホール・クロックを指さした。午後七時二十九分を示している。

「修理したのよ。もう換えの部品がなくて、わざわざ作ってもらったら、とんでもなく高くついたけど」

森怜子が、渋い顔をする。

「でも、その価値は充分にあったと思いますよ。グスタフ・ベッカー社製で、百二十年前の特注品らしいです。音が大きすぎるので、時報は止めてますけど」

時実が自慢げに補足した。高さ2メートルを超えるホール・クロックを、グランドファーザー・クロックと呼ぶらしいが、これなど、アパートだったら天井につかえてしまうだろう。優美な彫刻や象牙《ぞうげ》の象眼などの豪華な装飾を見ると、最初の注文主は、貴族か相当な大富豪だったに違いない。

「でも、どうして、時計の横に別の時計が必要なんですか?」

めざとく発見した榎本が、訊ねる。

グランドファーザー・クロックの隣にある飾り棚には、昔懐かしい黄色いプラスチックのパタパタ時計があった。電源プラグは壁のコンセントに差し込まれ、グランドファーザー・クロックと同じく、7:29を表示している。

純子は、小学生のとき、こんな目覚まし時計を持っていたなあと思い出した。パタパタと二枚のプレートが動いて、7:30になった。純子は何気なく腕時計を見たが、四、五秒の違いしかない。

「グランドファーザー・クロックの進み方が正しいかどうかを、これでチェックしてるんだそうです」

森怜子が、うんざりした目で時実を見やる。

「そこまで正確さにこだわる意味なんかないし、この人、山ほど時計のコレクションを持ってるんだから、もうちょっと見栄えがするのを選んだらいいのに」

「昭和レトロも、なかなか味があるんですけどねえ。まあ、僕がこつこつ集めた時計なんて、どれもこんな安物ばかりです。怜子さんのコレクションは美術館クラスが揃っていますから、後ほど、ぜひご覧になってください」

純子は、不信の目で榎本を見た。まさか、それを狙っているわけではないだろうな。

「しかし、正しい時刻の基準にするんなら、最新式の時計の方がいいんじゃないですか？　広間に掛かってる電波時計みたいな」

本島がそう言うと、森怜子は顔をしかめた。

「嫌ねえ。あなたまで、そんなこと言うの？　わたし、あれ大嫌いなのよ」

それには、純子も同感だった。無機質で素っ気ないデザインで、見た瞬間に、なぜこれがここに掛かっているのかと訝《いぶか》しんだのを覚えている。どう見ても、森怜子の趣味とは相容《あいい》れなかったのだ。

「広間は、南側のガーデンテラスに面してて、標準電波がきっちりと受信できるんですが、ここまでは届かないんです。広間と同じ電波時計を僕の書斎にも掛けていますが、こちらは、窓が北側のせいか、感度がいまいちですね。……まあ、広間には、いずれは、もうちょっと美しい時計を掛けようかと思ってますけど」

時実は、頭を掻《か》きながら弁解に努める。

「意匠のことだけを言ってるんじゃないのよ。電波時計なんていう代物が、こんな山の中でどうして必要なわけ？　わたしはクォーツだって要らないって思ってるのに。絶えず正確な時間に修正し続けないと気が済まないなんて、強迫観念の虜《とりこ》じゃない」

「まいったな。電波時計が怜子さんの性に合わないのは知ってましたが、そこまで嫌いとは思いませんでした。……わかりました。アントン・シュナイダーの鳩時計がありますから、明日にでも掛け替えますよ」

「くだらんな。森女史の言うとおりだ」

またもや、ヒキジイが介入する。

「せっかく、こんな人里離れた桃源郷に住んでいながら、どうして時間に縛られたがる？　一秒、一秒、死に近づいていくのを実感したいのかね？」

森怜子の山荘があるのは、電力、水道、ガス、電話線も通っていない岩手県の盛岡《もりおか》郊外にある山の上だった。ヒキジイには珍しく正論を吐いているような気がする。

「……でも、わたしは、時計が動いているのを見るのは好きです」

遠慮がちに、佐々木夏美が口を挟んだ。

「秒針が動いてるのって、何となく生き物の心臓が鼓動しているみたいじゃないですか？　グランドファーザー・クロックも、生き返ったときは嬉《うれ》しかったです」

「ふん。『この胸の高鳴りこそは死神の跫音《あしおと》』という名文句を知らんのかね？」

ヒキジイは、妙なことを言い出す。

「いいえ。初めて聞きました」

「不勉強だな。私の代表作、『セイキロスの墓碑銘』の一節ではないか」

知るわけないだろうと、純子は心の中でつぶやく。

「私が小説中にその台詞を書き記したのは、昭和四十年のことだった。だが、近年になって『ゾウの時間ネズミの時間』を読むと、大半の生き物は、ゾウであれネズミであれ、一生のうちに行う拍動はほぼ同じ回数であると書かれていたのだ」

「僕も読みましたよ。すぐに『セイキロスの墓碑銘』を思い出して、あらためて引地先生の先見性に思いを馳《は》せました」

時実が言う。嘘をつけと思う。どうして、こんなにヒキジイを奉っているのか、不思議でしょうがない。

「うむ。つまり、心臓とは余命を刻む時計に他ならない。心臓は、私の生命を維持しつつ、同時に私の残りの寿命をカウントするという、実に皮肉な役目を担っているのだ」

そこまでひねくれた見方ができるのは、やはり作家だからだろうと、逆に感心したくなる。

「私の心臓には、今や、最新のテクノロジーにより本物の時計が組み込まれているがね」

「たしか、ペースメーカーを入れられたんですよね？」

森怜子が、同情を込めて言う。

「そのとおり。お爺ちゃんの心臓の振り子が止まりそうになると、電気時計が、ぴりぴりと活を入れるというナイスな仕組みだ。ところが、ほどなく私は深刻な脅威に直面することとなった。……そこのお嬢さん」

ヒキジイは、突然、純子の方を向く。

「え？　何でしょうか？」

お嬢さんと呼ばれたのは久しぶりだったが、悪い気はしない。

「そんな、鳩が豆鉄砲を食ったような顔をせんでいい。私は、少女から若い娘、中年女性、はては老婆にいたるまで、無差別にお嬢さんと呼ぶことにしておる」

「……そうですか」

自分がどこに分類されたのかは、訊《き》かないことにしよう。

「さっき、ちらりと見えたんだが、あんたは、携帯かスマホの類《たぐ》いを持っていたようだな。ちょっと見せてもらえんかね？」

「かまいませんが」

純子は、ハンドバッグからｉＰｈｏｎｅを取り出した。

「もちろん、電源は切ってあるんだろうな？」

「え？　いいえ。入ったままです」

「何？　では、その手の機器が発する電波がペースメーカーを誤作動させる危険については、まったくの無知だったということかね？」

「いえ、それは知ってますけど」

もともと事故の例は聞いたことがないし、最近の携帯は電波の出力が弱くなっているので、3センチくらいまで近づけないと危険はないはずだが。

「……ええと、さっき見たら圏外だったので、だいじょうぶかなと」

つい、まずい言い訳をしてしまう。

「圏外だから？　はっ。だから、だいじょうぶだと？　何たることだ！」

ヒキジイは、目を剝《む》いた。

「携帯電話は、常に基地局と連絡を取ろうとしているために、圏外の時こそ最も強い電波を出し続けるのだ。そんなことも知らなかったのか？」

純子は、身を竦《すく》ませた。

「すみません。今すぐ切ります」

純子は、あわててスマホの電源を落とした。ヒキジイの視線が一同の上を一周する間に、招待客全員が携帯電話やスマホを出して、俯《うつむ》きながら電源ボタンを押す。

「そもそも、携帯電話こそは、我々ミステリー作家にとっての不倶戴天《ふぐたいてん》の敵だ。携帯電話の登場で、ミステリーのトリックは制約を受けるようになった。私は、まちがいなく大傑作になったであろうアイデアを、三つもお蔵入りさせねばならなかったのだ！　その上、読者は高額な通話料金とパケット代の支払いによって窮乏し、めったに本を買わなくなってしまったではないか！」

ヒキジイの声が、ひときわ大きくなった。

「緊急に通話する必要があるならともかく、公共の場所で携帯電話をいじっている連中は、ラッキョウを剝くのに夢中なサルも同然ではないか。中でも最悪なのは、スマホとやらだ。何がスマートか？　機械はともかく、それに支配されている人間の阿呆《あほ》面は尋常ではない。スマホは、即刻、素阿呆とでも改称すべし！」

純子は呆然《ぼうぜん》としていた。何だからって、こんなエキセントリックな爺さんをパーティーに呼んだのだろう。

「スマホ、もといスアホに取り憑《つ》かれている連中は、無意味な暇潰《つぶ》しのためにだけ作られたアプリで、貴重な人生の時間を空費しておる！　最も我慢ならんのは、他人と同席しながら、下を向いてスアホに没頭している無礼者だ！　これほど重大な侮辱があろうか？　あなたは退屈この上なく、一顧だにする価値もない人間だと、面と向かって宣言しているのに等しいのだからな！」

ヒキジイの獅子吼《ししく》は、それからたっぷり十分間は続いたが、全員、頭《こうべ》を垂れて拝聴するしかなかった。

山中綾香が、キッチンからワゴンに載せたデザートを運んできたのに、ヒキジイの剣幕に圧倒されたように立ち尽くしていたほどである。だが、江刺《えさし》りんごを使ったアップルパイがヒキジイの琴線に触れたらしく、急におとなしくなったのは僥倖《ぎょうこう》だった。

「では、皆さん、広間へ移りましょうか」

食事が終わって森怜子がそう言ったときには、純子は胸を撫《な》で下ろした。ヒキジイとは、なるべく離れて座ろうと思い、ダイニングから広間に入るところでヒキジイの位置を慎重に見定めていると、最後に出てきた時実に声を掛けられた。

「青砥先生。本当に、すみませんでした。引地先生の携帯電話アレルギーについては、先に言っておかなきゃならなかったですね。うっかりしていました」

「それはいいんですが……お二人は、引地さんとは昔から親しかったんですか？」

「親しい？　引地先生と？」

時実は、あいかわらず瞬き一つしない。

「冗談でしょう」

広間に入るときに、振り返って、話題になっていた電波時計を見る。ちょうど午後八時になったところだった。

2

広間は四十畳以上あり、メタルファイア社製の大きな暖炉では、赤々と炎が燃えていた。招待客たちは、めいめいバーカウンターで時実と夏美から好みの飲み物を作ってもらうと、ミノッティの巨大なソファに座ってくつろいだ。

純子は、ベル・エポックのシャンパンを一口飲んでから、思わず満足の吐息を漏らした。榎本の様子を見ると、シングルモルトのウィスキーを嘗《な》めながらリラックスした猫のような表情になっていた。実に居心地がよく、もはや、ヒキジイの存在すら気にならない。

ふと、さきほど話題になっていた電波時計が目に入る。広間とダイニングとの境の下がり壁に掛かっているのだが、円形の文字盤にはメーカーのロゴと短針の軌跡を示す同心円以外、いっさい何の装飾もなかった。シンプルなアラビア数字に黒い針で視認性は高いのだろうが、役所か銀行にでもありそうな素っ気なさで、どう見てもこの広間にはそぐわないのだ。

「それにしても、立派な山荘ですね」

本島が、まわりを見回しながら言った。

「松濤《しょうとう》のお宅も豪邸でしたけど、羨《うらや》ましい限りです」

「あの家、延べ床はそこそこあったけど、敷地は五十坪くらいだったでしょう？」

森怜子は、シャーリー・テンプルのグラスを手の中で弄《もてあそ》ぶ。

「でも、売りに出したら、あっという間に買い手が付いたわ。ここを建ててもお釣りが出る値段で」

「そりゃ、そうだろう」

熊倉が、山崎《やまざき》の水割りを片手にねちっこい口調で言った。

「あそこは、正真正銘の一等地だったからな。もったいないことをしたよ。逆に言ったら、この山荘には、あれに近いくらいの金がかかってるのかね？」

「敷地は三千坪ほどありますが、土地代はたいしたことはありません。やっぱり嵩《かさ》んだのは、建築費と設備費です」

時実が、自分で作ったウーロンハイを口に運びながら答える。アルコールはまったく顔に出ない体質のようだ。

「怜子さんの要望で、外見はログハウス風ですが、電磁波や放射能をブロックできるように鉄筋コンクリート造なんですよ。こんな山の上まで人と資材を運ぶのは、たいへんでした。もともと、ここには電気も通ってませんでしたし」

「だけど、そもそも、どうして、こんな辺鄙《へんぴ》な場所を選んだんですか？」と川井が訊ねる。酒豪らしく、すでに二杯目のワイルドターキーをほとんど空にしていた。

「そうねー。少しでも空気がきれいな場所に来たかったというのはあるけど、それ以上に、電話から解放されて、下界から隔絶された環境がほしかったのかな」

森怜子は、しんみりとした口調になった。

「デビュー以来、ずっと走り続けて来られましたからね。ちょっとお疲れになったっていうのもあったんでしょう」

本島が、いたわるように言う。

「わたしなんか、別に、たいした仕事はしてないわ。もっと立派な作品をたくさん書かれている方は、いくらでもいらっしゃるでしょう？」

森怜子は謙遜《けんそん》する。

「だけど、思いもかけず喘息《ぜんそく》になっちゃって、躓《つまず》いたわ。省吾さんと一緒のときだったら、診てもらえたんだけど」

「最近は、大人の喘息も多いからな。しかし、まあ、ぱっと空気のいいところに移ったのは英断だよ。その点では、作家というのは羨ましいね。我々は仕事があるから、おいそれとは引っ越せんし」

熊倉も、彼女に対しては、心なしか口調が優しいようだ。

「そうね。こっちに来てからは咳《せき》も収まったし、気持ちも前向きになって、書こうっていう気持ちも湧いてきたのよ。……ただ、そんな中、バステトが急に亡くなって。あのときは、本当に辛《つら》かったわ」

　森怜子は、ふいに言葉を切った。座は、しんとなる。

「バステトというのは、怜子さんが可愛がっていた猫のことです。アビシニアンだったかな」

　時実が、事情を知らないメンバーに説明する。

「おそらく、外で、何か悪いものでも食べたんでしょう。昼間、急に苦しみ出して、獣医に連れて行く暇もありませんでした」

　森怜子が、それ以上言わないでというように首を振った。

「ごめんなさい。そのせいで、ちょっと鬱《うつ》にもなって、しばらく仕事を休んでたんだけど、時実さんがいてくれたおかげで、何とか立ち直れたわ」

「でも、もうすっかり調子を取り戻されたじゃないですか。先月号の『野性時代』に載った短編も、相変わらずの切れ味でしたし」

　本島が、あえて明るい調子で言った。

「今日は、叔母《おば》さんの元気そうな顔が見られて、安心しましたよ」

　川井も、笑顔でエールを送る。

　森怜子は、しばらく新刊を出していなかったことを、純子は思い出した。せっかく環境を変えたのに、その矢先にペットロスに見舞われては、すべてがストレスに変わってしまったことだろう。

「まあ、それにしても、よく、こんな何もない場所に家を建てようと思い立ったもんだな。元は密林だったんじゃないのかね?」

熊倉が、冗談めかして訊ねる。

「以前、ここには旅館が建ってたんです。さすがに交通の便が悪すぎて廃業したんですが、おかげで、山荘を建てる平らな土地だけは、最初から確保されてました」

時実も、明るい声で応じる。

「実は、旅館の一部は別棟として残してあるんです。今晩は、皆さんにはそちらにお泊まりいただきます」

「これだけの人数をいっぺんに招《よ》んで、どうするつもりかと思ってましたよ」

川井が、笑みを漏らしながら言った。

「昔出たB級ホラーで、皆殺しにして、晩餐会の食材にするっていうのがあったけど」

全員殺してしまったら、そんなに大量の料理を、いったい誰が食べたのだろう。

「ライフラインを整備し直すのは、大ごとじゃなかったですか?」

榎本が、ウィスキーから顔を上げて訊ねる。

「それほどでもなかったですよ。井戸水は、一応、飲用の水質基準を満たしていましたし、プロパンガスのボンベを配達してもらえるので火力には不自由しません。いざというときは薪《まき》も使えますしね」

時実は、自慢げに言った。資金を出したのは森怜子でも、設計士との打ち合わせなどは、すべて彼がやったということだった。

「やっぱり、一番たいへんだったのは電気ですかね。南側の斜面を下がったところに小川が流れてて、旅館のときからマイクロ水力発電機があったんですが、かなり老朽化してたので、発電効率のいい最新機種に入れ替えて、途中の斜面にはソーラーパネルを設置したんです。両方で発電した電気を蓄電池に貯めたら、この山荘で使う電力は、すべてまかなえるようになりました」

「機械設備は、どこにあるんですか？」

榎本が、防犯コンサルタントの顔に戻って質問した。

「水力は、川に発電機小屋があります。そことソーラーパネルから電線を引っ張ってきて、屋外にある蓄電池につなぎ、インバーターを通して母屋と別棟に引き込んでます」

「分電盤は？」

「庭に物置みたいな鉄の箱があるんですが、蓄電池とかDC－ACインバーターと一緒に、その中に収められてますよ」

榎本は、かすかに眉を寄せた。

「明朝詳しく拝見しますが、蓄電池や分電盤が屋外にあるのは、防犯上問題がありますね。侵入者は、ブレイカーを落とすだけで、監視カメラや赤外線センサーの機能を停止させることができます」

「わたしが、いろいろ、わがままを言ったのよ」

森怜子が、自嘲《じちょう》するような笑みを見せる。

「東日本大震災以降は、電力会社に対する不信感が大きくなって、いざというときに備えて電力は自給できるようにしたかったんだけど、できれば大きな電池や機械は母屋に入れたくなかったの。電磁波を怖がりすぎてることは、頭ではわかってるんだけど」

「いや、実に賢明な選択だ」とヒキジイ。

「いずれにしても、今さら、電気設備を屋内に移すのは無理でしょうからね。榎本さんには、なるべく電気に頼らない防犯を考えていただきたいんです」

いかな榎本でも、これはかなりの難題だろう。

「でも、電話はどうしてるんですか？」と、本島が訊く。

「電話線も来てないし携帯も圏外じゃ、緊急時に困るでしょう？　それに、ネットに接続できないと、いろいろと不便じゃないですか？」

「屋根の上に、衛星インターネットのパラボラアンテナがあるの。ちょっとした調べ物とか、原稿の送信なんかは問題ないわ」

森怜子は、きっぱりと言う。

「それに、万一の場合は、これがありますから」

時実が立ち上がり、キャビネットから太いアンテナが付いたウォーキートーキーのようなものを持ってきた。

「衛星携帯電話です。ここは、山頂で空が開けてますから、庭に出れば問題なく使えます。大規模災害の時なんかは、普通の携帯電話や固定電話より、はるかにつながりやすいことが実証済みですからね」

いくら僻地《へきち》であっても、衛星を使ったシステムが二つも必要だろうか。純子は、かすかな違和感を覚えたものの、そのまま深く考えることなくスルーしてしまった。

座にミステリー作家が三人と編集者が揃っているため、話題は自然にミステリー談義へと進んでいく。

「……時実さんの作品では、やはり『クロックワーク・マーダー』や『時蝿《ときばえ》は矢を好む』のような緻密《ちみつ》なトリックに人気が集まるようですね」

本島が、時実の代表作らしい作品名を挙げた。

「面白いと思ったのは、心理学科を卒業されてるだけあって、初期作品では心理トリックが多かったのに、このところ、むしろ機械トリックに傾いている点です」

「機械トリックというと、あれかね？　紐《ひも》を引っ張って外から鍵《かぎ》をかけたりするやつか？　子供だましにしか見えんがな」

熊倉の目は、半分据わっている。溜《た》めた鬱屈をアルコールで吐き出すタイプのようだが、その矛先は、森怜子の現在の夫である時実に向き始めているようだ。

「そんな単純な話は、さすがに、今どき誰も書きませんよ」

本島は、苦笑する。

「だが、複雑になればいいってもんでもないだろう？　読んでる方は頭がこんがらがるばっかりだ。その点、心理トリックの方が、まだ大人の鑑賞に堪えるんじゃないかね？　たしか、乱歩《らんぽ》も、そう言ってたんじゃないかな」

熊倉は、しつこく食い下がる。

「今はミステリーも進化しましたから、機械トリックと心理トリックを単純に区別するのは、無意味になりつつあります」

時実は、大学で講義をしているように、明晰《めいせき》な口調で言う。

「トリックの目的も、錯覚を誘発する——幻影を作り出すことへ変わりつつあるんですよ。つまり、目的は心理的な効果ですが、その手段は機械的なトリックというわけです」

「だけど、そんなに新しいトリックって出て来るもんなんですか？　俺はこれまでに何度も二時間ドラマに出演したけど、どれも、笑っちゃうくらい陳腐なネタか、有名作品のパクリばっかりだったなあ」

川井が、口を歪《ゆが》める。あまりいい思い出はないのかもしれない。

「さすがに、単品では、ほぼ出尽くしたかもしれませんね。これからは、複数のトリックのコンビネーションで勝負するしかないでしょう」

時実は、突然、榎本の方を向いた。

「実は、今晩、榎本さんにお話を伺うのを楽しみにしていたんですよ。これまでに、実際に起きた密室事件を多数解決されているそうですね」

「青砥先生が解決された、数々の事件のことでしょうか？　私はただ現地調査のお手伝いをしているだけですから」

榎本は、しゃあしゃあと言った。

「実際、仮説の大半は、青砥先生が独自の視点で考え出しているんですよ」

全員の視線が集まった。純子は、「そうなんですよ」とだけ言って、シャンパングラスで自ら口を塞《ふさ》ぐ。覚えてろよ。

「さっきの話にも関連するんですが、本格ミステリーのトリックは、しだいに奇術化しつつあると思うんです。この説を唱えているのは、今のところ、僕だけなんですが」

時実は、滑らかな口調で言った。

「榎本さんが解決――というか手がけられた事件で、まさしくクロースアップ・マジックのようなものがありましたよね？　証人が見守っている前で秘《ひそ》かに密室を一度破り、まんまと再構成したという」

あれは難事件だったなと、純子は思い出す。昔から理科系の科目が苦手だった純子には、とりわけ手強《てごわ》く感じられたものだ。

「ええ。犯人は中学校の理科の教師でした。生徒の興味を惹《ひ》きつけるためショーアップした科学実験が得意だったんですが、トリックも、そうした知識をベースにしていました」

榎本は、事件の概要を全員に説明した。広く報道された事件だが、細部まで知られているわけではないので、犯人の狡知《こうち》に対して驚きの表情が広がった。

「ですが、あの事件の本質は、時実さんがおっしゃるように、単純な科学知識の悪用というより、観客の目の前で行うクロースアップ・マジックそのものだったと思います」

時実は、我が意を得たりという笑みを浮かべる。

「トリックの奇術化とは、まさにそういうことなんですよ。機械トリックは、奇術で言えば種や仕掛けに当たりますが、それだけでは不完全です。言葉や行動によるミスリードなどで、いかに見せるかも重要になります。機械的なトリックは、人間の心理特性を考慮した演出と相まって、初めて人の心の中に幻影を創り出すことができるんです」

「しかし、そうなると、全体の犯行計画《スキーム》は、ますます複雑になりそうですね」

本島が顔をしかめた。出版する側としては、あまりマニアックになりすぎても読者が限定されるので、適当なところで折り合いを付けてほしいという気持ちなのだろう。

「ええ。最近では、文字だけですべてを説明することに限界を感じているほどです。図版を入れるのも限度がありますし。まあ、映像化でもしてくれれば一目瞭然《りようぜん》なんですけどね」

時実は、自嘲気味に言った。

「それは、どうなのかね？　作家がそんなこと言ったら、小説そのものの否定になるんじゃないのかな」

酔うにつれ、熊倉の口調はますます粘りけを増してくる。

「それにだ。今どきトリック偏重というのも、時代遅れと言っちゃ言い過ぎかもしれんが、善し悪しだと思うんだが。その、コンビネーションとか複雑化というのが、本当に進むべき道なのかね。怜子の……森怜子作品が今でも支持されているのは、ミステリーにはトリックなんかなくてもいい、それよりも、むしろ人間が描けてることを求める読者が多いからじゃないのかなあ」

「そうとは限りませんよ。トリックが廃れて寂しいと思っている読者も多いようですから。やはり、バランスが大事というか、どちらも必要なんだと思います」

本島が、取りなすように言った。

「いや。たしかに、熊倉さんのおっしゃるとおりかもしれません」

時実は、謙虚に言う。

「怜子さんと比べると、僕の作品はあきらかにマイナーです。とはいえ、少数ですが刊行を待ち望んでくれている読者もいるんです。その人たちのために書いている……というのは、やっぱり嘘ですね。本当は、単純に自分が好きなだけですよ」

「わたしは、昔から、トリックにはすごく興味があったんだけど、本当のことを言ったら、苦手なの」

森怜子が、溜め息をついた。

「デビュー後ずっと、思いついたことをたしかめずに書いてたから、よく実行不可能だって酷評されたわ。変わったのは、時実さんと知り合って衝撃を受けてからね。ある作品を書いてるときに、このトリックって成立してますかって電話で訊いてみたのよ」

「『蜜月《みつげつ》の終わり』ですね。妻が家でパーティーを開いているときに、夫の乗っている車を崖《がけ》から落とすトリック。あのあたりの心理描写というか、サスペンスは絶品でした」

本島が、懐かしそうにうなずく。

「ええ。だけど、時実さんは即座に、トリックが失敗する理由を二十個くらい挙げたのよ。それが、どれ一つ取っても致命的なの。落ち込んだわ」

「せいぜい五つくらいでしたよ」と、時実。

「だとしてもね。聞いた瞬間にそんなにたくさん粗がわかるようなトリックなんて、とても使いものにならないと思ったのよ。ところが、時実さんは、一時間だけ待ってくださいって言うの。きっかり一時間後に、一枚のファックスが届いたんだけど、一目見て仰天したわ。欠陥がすべて巧妙に修正されて、実現可能と思えるようになってたから」

「何ということでしょう。あれほどボロボロだったトリックが」

川井が、妙な合いの手を入れた。

「あれは、既存のトリックをいくつかアレンジしただけで、さほど独創性はなかった」

ヒキジイが、せっかく盛り上がりかけたムードに冷水を浴びせる。

「私の代表作である『緬甸《ビルマ》の怪人』や『オリンポス殺人事件』のトリックと対比した場合、よくわかると思うんだが」

ヒキジイ以外の全員が、俯いてしまった。

「すっかり氷が溶けちゃいましたね。新しいのを作りましょうか？」

時実が、森怜子の後ろに立って、グラスを受け取ろうとした。

「そうね……あら、もうこんな時間？」

森怜子は、電波時計を見て、グラスをローテーブルに置く。

「ごめんなさい。皆さんが来る前に、仕事はきちんと仕上げておこうと思ってたんだけど、明朝締め切りの原稿が、まだ一本だけ残ってるの」

午後八時四十一分。中途半端な時間だが、ヒキジイから逃れたいという気持ちなら、よくわかる。

「それは、ご苦労様です」と、本島。

「いつも、この時間には仕事をしてるから、別に苦じゃないんだけど。お招きしておいて、ホステス役が席を外すなんて言語道断ね」

森怜子は、にっこりと微笑んだ。

「すみません。僕のせいなんです。電話で依頼を受けたんですが、締め切りを伝え損ねてたもんですから」

時実が、全員に謝る。

「でも、皆さん。まだまだ夜は長いですから。一時間半くらいで戻ります。……時実さん。後はお願いね」

「わかりました。趣向がありますから、皆さんは退屈させませんよ」

時実がうなずくと、森怜子は少し怪訝《けげん》な表情になったが、全員に向かって優雅に一《いち》揖《ゆう》し、広間のドアを開けて退場した。

3

少しばかり酔っ払ってしまった。純子は、レストルームに入り、濡《ぬ》らしたハンカチを目の上に当てながら思った。高価なシャンパンが美味なのはたしかだが、つい飲み過ぎてしまうのは、今飲んでおかなきゃ損だという意地汚さからかもしれない。

レストルームは、正面玄関から入って右手にあった。横には二階への階段が延びている。左手にはダイニングに直通するキッチンのドアがあり、玄関からまっすぐに進むと、広間のドアだった。

純子が広間に戻ったとき、時実が壁の電波時計に目をやった。

「今、八時五十分ですね。この時計が正確ならば、そろそろ始めようかと思います。皆さん、心の準備はよろしいですか？」

何人かが、腕時計に目を落とす。純子もタグ・ホイヤーの腕時計に目をやったが、一分の狂いもなく、ぴったりである。

電波時計なのだから、正確に決まっているじゃない。なぜ念を押すのか不思議に思ったが、そんなことより、これから何があるのかが気になった。

「お待たせいたしました。これから皆さんに、森怜子コレクションのうちでも特別な品々をご覧いただくことにしましょう。美術展でもめったに見られないような逸品ぞろいですよ。……佐々木さん」

夏美は、驚いた表情になったが、リモコンのようなものを取ってくると、時実に手渡す。

「怜子を……いや、奥さんを待たなくてもいいのかね？」

熊倉が、不審そうに眉根を寄せる。

「お待たせしている間、コレクションを見ていただくようにと言われていますから」

時実は、にこやかに言い、西側の壁にあるキャビネットにリモコンを向けた。

かすかなモーター音とともにキャビネット全体が南側に移動して、大きな凹《くぼ》みが現れる。

そこから、高さ70センチほどの陳列台が、ゆっくりと前にせり出してきた。

感嘆のどよめきが漏れる。

赤い毛氈《もうせん》の上に八つの置き時計が一列に並んで、照明を受けてきらきらと輝いていた。

「皆さん、どうか、お近くへ寄ってご覧ください」

時実の声に、一同は陳列台の前に並んだ。

純子は、アンティーク時計の知識は乏しかったが、そこにあるのがどれも重要文化財級の代物であることは、すぐに納得できた。

それぞれの時計の前には、簡単な説明書きが付いたネームプレートがあった。一番手前は、『①サイの置き時計』である。ブロンズのサイが金箔《きんぱく》を貼った時計を背負っている構図で、説明書きによると、ルーヴル美術館で展示されているものと同じタイプらしい。その次は、全面に金箔が貼られたブロンズの『②ラクダの置き時計』だった。『③メティエ・ダールアルカ』は、大きなクリスタルのブロックを用いたヴァシュロン・コンスタンタンの製品で、『④エミール・ガレの置き時計』は、有名なガラス作品ではなく、ロココ調の陶器に時計が嵌《は》め込まれている。

真ん中にある『⑤万年自鳴鐘《まんねんじめいしょう》』は、唯一の和時計だった。三層になった台座と文字盤は、工芸品らしい重厚さだが、てっぺんにガラスのドームを戴《いただ》いているせいで、昔のSF映画のロボットのような趣もある。

そして、一番遠い⑥〜⑧の置き時計には、『ミステリークロック』という不思議な名前が冠してあった。座の関心も、もっぱらその三つに集中している。

「信じられん！　これは全部、本物なのか？」

あのヒキジイが、すっかり毒気を抜かれていた。

「いや、まさか、個人でこれほどまでのコレクションをお持ちだったとは……。森先生は、そんなことは一言も教えてくれませんでしたよ。今度、うちの雑誌で特集を組ませてもらえないでしょうか？」

本島も、興奮を抑えようとしているのか、不自然なくらい低い声になっていた。

「伝えておきますよ」

時実は、素っ気なく言った。

「ミステリークロックって、そんなに珍しいものなんですか？」

純子が訊ねると、全員から呆《あき》れたような視線が返ってきた。

「まあ、これを、ぬ……入手できたら、人生悔いは残らないというレベルです」

榎本も圧倒されているのか、珍しく舌がもつれる。

……でも、「入手」を「ぬーしゅ」と言い間違えるだろうか。もしそうでないとしたら、「ぬ」って何だ。「ぬ」で始まる動詞とは。

「ミステリークロックを創案したのは、時計職人からマジシャンへと転向して、近代奇術の父と呼ばれているロベール＝ウーダンです」

時実が、ここぞとばかり得々と解説する。

「これまでに百種類ほどのミステリークロックが製造されていますが、すべてカルティエの製品で、その美しさには比類がありません。1912年に初めて作られたのが、箱形のシンプルなフォルムの中に気品を湛《たた》える⑥の『モデルA』です。台座は白瑪瑙《めのう》で、文字盤は水晶、針はプラチナとダイアモンドでできています」

近づいて三つの時計を見た純子は、その美しさに胸を打たれた。

『モデルA』だけでなく、⑦の『キメラ』、⑧の『パンテール』も、美術工芸品としては至高の領域にあることがわかる。しかも、ただ美しいだけではなかった。

「ご覧になってわかるとおり、針は水晶の文字盤の中央に取り付けられており、その周囲にムーヴメントらしきものは見当たりません。それなのに、なぜ時を刻むことができるのか。これこそ、ミステリークロックのミステリーたるゆえんです」

たしかに、これで、どうやって針が動くのだろう。

「榎本さん。このトリックってわかります？」

「さすがに、現物が目の前にありますからね。密室トリックよりは、ずっと簡単ですよ」

榎本は、こともなげに言う。

「パズルとしての難度はともかくとして、独創的なアイデアを実際に形にした——それも、ここまで美しい芸術品に仕上げたことを賞賛すべきでしょうね」

純子は、いくら頭を捻《ひね》ってみても、仕組みの見当が付かなかった。

「この三つは、今、動いているんですか？」

純子の質問に、時実は首を振った。

「残念ながら、現在動かすことができるのは『モデルA』だけですが、機構に負担をかけるので、止めてあります」

そういえば、どれも十時九分を示していた。時計の広告写真もだいたいそうだが、長針と短針の配置が一番美しく見える時刻なのだろう。

「さて、皆さん。実は、ここからが本番なのです」

時実は、にこやかに続ける。

「ここにある八つの時計の価格の順位を当ててください。ひと足早いクリスマス・プレゼントとして、正解者のうちお一人に素晴らしい賞品を用意してあります。この八つには及びませんけど、美術展の目玉になるレベルの美しい置き時計です。オークションに出せばかなりの高値が付くのは確実ですよ」

夏美が、ぽかんと口を開けて時実を見やった。前もって何も聞かされていなかったという表情である。

「正解者が複数だった場合は、どうやって勝者を決めるんですか？」

川井が、唇を舐《な》めながら訊ねた。俄然《がぜん》、やる気になっている。

「その場合は籤引《くじび》きをしますが、これはかなりの難問ですからね。二人以上が正解することにはならないと思いますよ」

時実は、自信たっぷりに言う。

「そこで、皆さんには、ぜひとも五感を使って、この八つの至宝を味わい尽くしてほしいと考えました。ガラス越しではない至近距離からじっくりと眺めて、手で触れていただこうという趣向です」

「時実先生。それはちょっと……」

夏美が、早口で言いかけたが、時実は手を振って退ける。

「だいじょうぶだよ。ちゃんと許可は得てあるから」

時実は、陳列台に歩み寄った。

「ただし、写真は絶対に撮らないでください。その点は怜子さんから釘《くぎ》を刺されています。魂を震わすような美は、あくまでも一宵《ひとよ》の夢として、皆さんの心の中にだけ焼き付けていただければと思います」

時実は、陳列台の引き出しを開けると、大きなジュエリー用のトレイと白い手袋を取り出した。

「あと、万一にも傷が付いたら取り返しがつきませんので、指輪やカフスボタン、腕時計は外してください。こちらでお預かりします。……皆さんに、手袋をお渡しして」

時実から白手袋を受け取ると、夏美が全員に配る。手回しよく、人数分用意してあったらしい。その間に、時実は腕時計を回収していく。

「これはオール樹脂製なんで、傷を付けることはないと思うんですが」

榎本がGショックを指して訊ねたが、時実は、万一ということがありますからと言って、強引に外させた。集めた時計と指輪をまとめてトレイに載せ、陳列台の引き出しに入れて、鍵をかける。

なぜ、ここまで厳重にする必要があるのだろうか。純子のかすかな疑問は、またもや胸の高鳴りの前に雲散霧消してしまう。八つの時計を価格順に並べるのは簡単ではないはずだが、おそらく、トップ3はミステリークロックが占めているのだろう。うまくいけば、自分にも、充分、正解するチャンスがあるかもしれない。

時実が、夏美の耳元に何かを囁《ささや》いた。夏美は、緊張した様子でうなずいた。盗難や事故が起きないように見張れとでも言ったのだろうか。

そういえばと思いながら榎本の方を見やり、純子ははっとした。いつにも増して、挙動が怪しく見える。もしかしたら、この機会を利用する気なのか。衆人環視の中でどれか一つをちょろまかせたとしても（それ自体が、まず不可能だろうが）、そのまま持ち逃げしたり、どこかへ隠したりできるとは、とても思えないのだが。

とはいえ、何を考えているのか読めない男だ。目を離さないようにしなければならない。めったにないチャンスだし、価格当てに集中したいのに。思わず、ちっと舌打ちしてしまう。驚いたようにこちらを見た夏美と目が合ったので、最上級の笑顔を作ってごまかした。

榎本を警戒していたせいか、純子は、場の雰囲気を客観的に眺めることができた。

特に、招待客たちは、すっかりこのゲームに心を奪われているようだった。

川井匡彦は、白手袋の指で時計を撫でさすりながら、目の色が変わっているように見える。自分が相続するかもしれないからか。あるいは、経済的に苦しいため、何としても賞品の時計が欲しいのかもしれない。

本島浩一は、しきりに嘆息しながらも、首を捻っている。このコレクションについては、本当に森怜子から何も聞かされていなかったらしい。

熊倉省吾は、まるで視姦《しかん》しているようなねっとりとした目つきで、『サイの置き時計』を睨《ね》め回している。ときおり触診するように指先でタップするのは、職業柄だろう。

ヒキジイは、誰の目にもあきらかなくらい手が震えている。興奮しすぎると心臓に悪いのではないかという心配は、なぜかまったく感じなかったが、はずみで時計を倒してしまうのではないかと、はらはらした。

榎本は、獲物を狙う猫のような目を三つのミステリークロックにロック・オンしていた。

特に、『モデルA』にご執心らしく、上下左右から角度を変えて眺めているかと思うと、陳列台の裏に回り込んで、水晶の文字盤を透かし見たりしている。

純子も、いつのまにか、八つの時計を分析する作業に熱中していた。

やはり、三つのミステリークロックが本命だろう。その中でも、『モデルA』は美しさで抜きん出ている。『パンテール』の向かい合った二匹の豹《ひょう》も、細かい宝石で彩られていて、きらきらと輝いており、ゴージャス感では負けていないのだが。

いずれにしても、一～三位は決まりだ。すると、四位に来るのは『サイの置き時計』か、『メティエ・ダールアルカ』か。読めないのが『万年自鳴鐘』で、歴史的価値ということになったら、一躍天文学的な値段が付くかもしれない。まあ、あまりにも状態がよすぎるので、レプリカという可能性も疑わなくてはならないが。

そのとき、一歩退《しりぞ》いて招待客たちの様子を見守っていた時実が、静かに歩き出した。足音を忍ばせるような動きだったので、かえって純子は注意を引かれた。

時実は、ガーデンテラスに面した掃き出し窓に近づくと、そっとカーテンを引き開けた。南の空に満月が浮かんでいるのが見える。

続いて木製のサッシを開けると、サンダルのようなものを突っかけて庭に出る。そのとき、純子は、時実が衛星携帯電話を手にしていることに気がついた。誰かに電話をするつもりらしい。

時実は、サッシを閉めて、衛星携帯電話を耳に当てた。しばらく誰かと話をしていたが、再びサッシを開けると、中に向かって呼びかける。

「本島さん。清水《しみず》社長です。一言、どうぞ」

すると、話の相手は、飛鳥書店の社長、清水隆《たかし》だったのか。

本島は、露骨に迷惑そうな顔になった。旅先でも社長と話したいと思うサラリーマンは、財布を拾って交番に届ける泥棒と同じくらい稀《まれ》だろう。ましてや今は、アンティーク時計を値踏みするのに夢中なのだから。

それでも、本島は一瞬で笑顔になり、時実の方へ歩いて行く。衛星携帯電話を受け取ると、二言三言話しながら何度も頭を下げている。ビデオ電話ではないのだから、ふんぞり返っていてもいいようなものだが、宮仕えの習性に違いない。

視線を戻すとき、壁の電波時計が純子の目に入った。

午後九時八分。価格当てゲームが始まってから、十八分がたっていた。

本島は、衛星携帯電話で話しながら、しきりに頭をうなずかせている。その様子を見て、純子はふと眉をひそめた。

衛星携帯電話が発する電波の出力は、どのくらいなのだろうか。地球のはるか上空を回る衛星と情報をやりとりしているのだから、常識的に考えて、ふつうの携帯電話よりはずっと強力に違いない。

もちろん、本島が話しているガーデンテラスと広間は距離があり、サッシを一枚隔てているから、こちらに影響が及ぶとは思えないが、あのヒキジイがこれを見て、黙っているはずがないではないか。

振り返ったら、ヒキジイは、ちょうどガーデンテラスの方に目を向けたところだった。

本島が衛星携帯電話を使用中なのは目に入ったはずだ。今にも怒りを大爆発させるのではないかと、固唾《かたず》を呑《の》んで見守る。

だが、純子の期待に相違し、ヒキジイは何の反応も見せなかった。視線を手元に落とすと、震える手で『ラクダの置き時計』を撫でさすりながら、しきりに首を捻り、何かぶつぶつとつぶやいている。どうやら状況に対する小狡《こずる》い順応性はあるらしく、今は携帯電話の電波のことなど眼中にないようだ。

もちろん、トラブルは起きないに越したことはないが、裏切られたような気持ちがして、腹立たしかった。今すぐ、ヒキジイの目の前に行きスマホの電源を入れたら、どんな反応を示すだろうと思う。とはいえ、実際にそれをやる勇気はなかった。圏外だから、何の意味もないし。

本島は、時実に衛星携帯電話を返すと、まるで競歩のような急ぎ足で広間に戻ってきた。やはり、一秒でも早くゲームに復帰したかったらしい。

時実は、なおも話を続けていたが、そのまま歩いて遠ざかり、姿が見えなくなった。どこへ行ったのだろうと思ったとき、佐々木夏美が咳払いをした。

「それでは、照明を切り替えます。ハロゲンランプのフットライトでご覧になってください。照らし出す灯《あか》りの変化によって、名品たちは、また違った顔を見せてくれるはずです」

夏美がリモコンスイッチを押すと、天井のコーブからの間接照明が落ち、暖炉に残る赤い熾火《おきび》以外、部屋は真っ暗になった。どこからか、かすかなピーという電子音が聞こえてきた。二、三秒後に、陳列台のフットライトが点灯する。

誰もが、感嘆の溜め息を漏らした。

プラネタリウムのような暗さで、小さいが輝度の高いハロゲンランプが八つの置き時計を眩《まばゆ》いばかりに輝かせていた。中でも、『モデルA』と『パンテール』の美しさは筆舌に尽くしがたい。眺めているだけで別世界へと誘われるようだった。

「やっぱり、一位はこれかあ……」

川井が、感に堪えたようにささやく。

まちがいないだろう。純子もうなずいていた。これは、人の手が生み出した至宝だ。

榎本でなくても、「ぬーしゅ」したくなる気持ちはよくわかった。誰もが、八つの至宝に魅了されると同時に、欲に駆られて血眼になっていたため、完全に時間のたつのを忘れていたようだ。

庭に人の気配を感じて、純子は目を上げる。

時実が、帰ってきたようだ。まだ衛星携帯電話で話をしているのが、掃き出し窓のガラス越しに見える。時実は、通話を終えると、サッシを開けて広間に入ってきた。

「さあ、皆さん。いかがでしょう？　結論は出ましたか？」

時実は、愉快そうに言う。

「まあ、だいたいは。……しかし、どうかなあ」

川井が、腕組みをしつつ、かすかに首を振る。ここへ来て、際限のない疑念にとらわれているようだ。

「どのみち、こいつは一筋縄じゃわからんのだろう？　たぶん、お得意のトリックがあるんじゃないのかね？」

熊倉の口調には、粘り気が五十パーセント増量されている。

とはいえ、今回に限っては全員が同じ思いだっただろう。時実は、正解者が出たとしても一人だろうと言っていた。それが本当だとしたら、少なくとも一つは、想定外に安いか高いものが交じっている可能性が高い。つまりは、引っかけである。

「参ったな。信用されないのも無理はないでしょうが、小細工はしてませんよ。曇りのない目で見ることができれば、きっと正解に辿《たど》り着けるはずです。……じゃあ、灯りを元通りにしてくれる？」

時実の指示で、夏美がリモコンを操作した。ハロゲンランプが消灯するのとほぼ同時に、LEDの間接照明の白色光が参加者たちを包み、現実へと引き戻す。

「今、九時三十九分ですね」

時実は、壁の電波時計を見て言った。

「ゲームのスタートが八時五十分でしたから、ここまで四十九分たったことになります。文字通り、四苦八苦されたと思いますが、これだけじっくりと見られたわけですから、後は、皆さんの審美眼が問われることになりますね」

時実の声音にも、何となく昂揚《こうよう》した調子が感じられた。

もう四十九分もたったのかと、純子も時計を見ながら思う。あっという間に過ぎ去ったという気がするが、逆に、長く濃密な時間だったような感覚も残っている。

「怜子さんは、まだ仕事中なのかな？」

時実が訊ねると、夏美は「はい」とうなずく。

「ちょっと行ってさあ、様子を見てきてくれる？　ここから、いよいよクライマックス——答え合わせだから」

夏美は、また驚いた表情になった。

「あの、でも、お仕事中は絶対」

「だいじょうぶだよ。今晩は特別だ」

「ですけど……」

夏美は、困惑を隠せない様子だった。

「ほらほら、お客さんたちをお待たせするわけにはいかないだろう？　だいじょうぶだよ。僕が全責任を持つから」

「わかりました」

夏美は、どこか釈然としない様子で、ドアを開けて広間を出て行った。

「さあ！　それでは、皆さんの答えを伺いましょうか。この投票用紙に、①～⑧の番号を、価格が高いと思う順番に記してください」

時実は、全員に一枚ずつ紙を配る。何の変哲もないメモ用紙のようだったが、よく見ると、すべてに時実玄輝の落款が朱で押してあった。

「あとは、言うまでもないと思いますが、記名投票ですから、お名前を書いてくださいね。記名漏れは失格……にはしませんが、もし名前のない投票用紙が複数あり、かつその一つが的中していた場合は、賞品の授与で紛糾するかもしれません」

どうしようか。土壇場に来て、純子は真剣に悩んでいた。

初志貫徹で三つのミステリークロック、『⑥モデルA』、『⑧パンテール』、『⑦キメラ』をトップ3にしようか。だが、その後がわからなかった。『①サイの置き時計』、『②ラクダの置き時計』、『③メティエ・ダールアルカ』の順にするのが無難かもしれないが、それだと、誰かの答えと被《かぶ》ってしまうに違いない。どこかで独自性を出すか、冒険してみる必要がある。『④エミール・ガレの置き時計』は、人気のガラス製ではなく陶器だし、『⑤万年自鳴鐘』を上位に推すというのも、あざとすぎる気が……。

突然、どこからか悲鳴が響いてきた。女性の声である。全員が、はっとして顔を上げた。

「今のは、何ですか？」

本島が、外敵を警戒しているミーアキャットのように伸び上がって周囲を見回し、時実に訊ねた。

「いや。何でしょうか」

時実は、さっぱりわからないというように両手を広げる。

すると、階段を駆け下りる足音に続いて、広間のドアが乱暴に押し開けられ、夏美が飛び込んできた。

「どうしたんだ？」

時実が、無礼を咎《とが》めるように言う。

「先生……先生が！」

夏美は、そのまま絶句して、両手で顔を覆ってしまった。

「怜子さんが？　何があった？　ちゃんと話すんだ」

「行ってみましょう！　森先生は、書斎ですか？」

本島と川井、熊倉の順で、広間を飛び出していく。純子もすぐに続こうとしたが、はっと気がついて榎本を見る。この男を、高価な美術品と一緒に残していくわけにはいかない。

榎本は、純子と目が合うと、突然軽快な足取りで走り出す。すぐ後ろを、純子がぴったりマークする。階段の上り口で後ろを見ると、車椅子に乗ったヒキジイと夏美を伴った時実が、広間から出てくるところだった。

榎本は、階段を飛ぶように駆け上がり、たちまち本島たちに追いついた。

純子は、途中でスリッパが脱げて足を滑らせかけたものの、何とか手摺《てす》りにしがみついて、転げ落ちるのを回避した。

二階に上がると、本島たちが突き当たりの部屋の前で立ち竦んでいる。ドアは開けっ放しだった。

背後から近づくと、部屋の中が見えた。

二十畳以上あるだろう書斎には、作り付けの書棚と、休憩用のソファ、パソコンの載ったデスクがあった。そして、デスクの後ろには、うつぶせで倒れている人の姿が。

顔は見えなかったが、深紅のカクテルドレスには見覚えがある。

森怜子が着ていたものだ。

4

「だめだ。亡くなっている」

森怜子の前に屈《かが》み込んで脈を診ていた熊倉が、顔を上げ、悲痛な表情で告げた。

「まだ、死後間もないと思うが」

「なぜですか？　いったい、どうして？」

本島の顔は蒼白《そうはく》だった。目には涙が溜っている。

「わからんな。目立った外傷はないようだ。急に不整脈の発作でも起こしたか、あるいは、こいつが原因かもしれん」

熊倉が指したのは、床の上に転がっている漆塗りらしいコーヒーカップだった。白っぽいカーペットにコーヒーらしい茶色の染みが放射状に広がっている。

「コーヒーが？　どういう意味です？」

時実が、理解に苦しむというように眉をひそめる。

「怜子の口元は、汚れている。嘔吐《おうと》というほどではないが、飲んだコーヒーを吐き出そうとしたのかもしれない。だとすると、何らかの毒物が混入されていた可能性がある」

熊倉は、立ち上がると、まっすぐに時実の目を見た。

「毒？　あ。……そんな、まさか」

時実は、衝撃を受けたように俯き、口元を覆った。

「あんた、何か心当たりでもあるんですか？」

川井が、嚙《か》みつくような声で詰め寄る。

「ええ。実は……」

時実の言葉は、榎本の声で遮られた。

「熊倉先生。これが、その毒物じゃないでしょうか？」

榎本が示したのは、机の上にある小瓶だった。中には、白い結晶のような物が入っているのが見える。ラベルが付いているようだ。

熊倉が、近寄って手を伸ばそうとした。森怜子の脈を診るために、白手袋は外している。

「素手で触ってはいかん！」

ヒキジイが、鋭い声で制する。

「警察が来るまでは、現場を保存せねばならんのだ。……とはいっても、おそらく指紋など残っとらんだろうがな」

熊倉は、顔を近づけて目を眇《すが》め、ラベルの小さな文字を読んだ。

「a、c、o、n……アコニチンだ」

「何ですか、アコニチンって？」

純子の問いに、熊倉は振り返る。顔が湯上がりのように上気して見えるのは、怒りのためだろうか。

「アルカロイド系の猛毒だ。トリカブトに含まれている」

「なぜ、そんなものがここに？」

長身の川井が、部屋の中央に立って、ぐるりと周りを見回した。純子は、まるで舞台劇の中にいるかのような錯覚にとらわれた。

「説明しますよ」

時実が、咳払いをして言う。

「怜子さんの小説には、しばしば毒殺が使われます。最近、彼女は、執筆するときに本物の毒を手元に置いて、眺める習慣がありました」

「それって、本物じゃなきゃだめだったんですか？　そんなに際立った特徴があるようにも見えないんですが」

純子は、しゃがんでアコニチンの小瓶の中身を見ながら訊ねた。アスピリンか何かでも、見分けが付かないような気がする。

「いや、それは、全然違うらしいです。時実さんと出会ってから、森先生は、何でも本物を見なければ迫力が出ないと、よくおっしゃってました。たぶん、毒もそうだったんでしょう。これで本当に人を殺すことができると思って見ることで、緊張感が生まれたんだと……」

本島が、目元を拭《ぬぐ》いながら答える。

「ということは、アコニチン以外の毒もあったのかね？」

ヒキジイが、興味深そうに訊ねた。

「ええ。そこの引き出しに入っているはずです」

時実が指した引き出しを、白手袋をはめた手で取っ手をつまみ、ヒキジイが開けた。

「……砒《ひ》素《そ》、パラコート、青酸ナトリウムまである！　あんたもミステリー作家だったら、正当な目的もなくこんなものを所持していたら、毒物及び劇物取締法に抵触することは知っとるだろうな？」

時実は、黙ってうなずいた。

「しかし、人を殺せる毒が、そんなに簡単に入手できるもんなんですか？」

川井は、納得できないという表情だった。

「いろいろな伝手《つて》を頼ったようです。僕程度じゃだめだったでしょうが、怜子さんクラスの人気作家なら、各所にファンがいますから協力も得やすかったはずです。青酸化合物なんて、そこいらの工場にいくらでもあります。パラコートは農家の倉庫に転がってたものですし、砒素も、純粋なものじゃなくて、昔の殺鼠剤《さっそざい》でした」

「だが、アコニチンは、どうしたのかね？　大学の研究室にでも行かなかったら、そうそう手に入る代物じゃないはずだ」

熊倉が追及すると、時実は、うなだれた。

「それは、僕が作ったんです。こんなことになると知っていたら……」

「作った？」

「どうやって？」

「なぜ、そんなものを？」

数人が、いちどきに質問を投げかける。

「怜子さんが、この近くを散策しているとき、青紫色のきれいな花を咲かせたトリカブトの群落を発見したんです。調べてみると、東北地方に多いというオクトリカブト――北海道のエゾトリカブトに次いで世界で二番目に毒性が強い種類だとわかりました。それを知って、インスピレーションが湧いたんでしょう。ぜひこれからアコニチンを作ってみてほしいと、怜子さんに頼まれたんです」

「しかし、それには、かなりの専門知識が必要なんじゃないですか？」

榎本が、全員の疑問を代弁する。

「ネットを調べて、詳しい精製方法が書いてある英文のサイトを見つけました」

インターネットによる危険な知識の拡散は、とどまるところを知らないらしい。

「怜子さんには、何度も止めた方がいいと忠告したんです。トリカブトを摘むこと自体が、危険だと書かれていましたし。でも、どうしてもと彼女に懇願されると、嫌とは言えませんでした。怜子さんの役に立つことが、僕にとっての存在意義——生きがいでしたから」

時実は、目頭を押さえた。

「それで、アコニチンの含有量が多いという根っこの部分を使って、書かれていた手順で、有機溶媒、酸、メタノールを用いて粗精製したんです。正直に言って、できあがったものがアコニチンかどうかは確信がありませんでした。とにかく、それらしい白い結晶ができて、それを見て怜子さんが満足しさえすればよかったんです」

「ところが、手際がよすぎたのか、たまたま、非常に高純度のものができてしまったというわけですか？」

川井が、皮肉る。

「いや、そうとも限らんな」

熊倉が、腕組みをして言った。

「トリカブトには、アコニチンだけでなく、メサコニチン、ヒパコニチン、ジェサコニチンなど、猛毒のアルカロイドが何種類も含まれている。こいつはアコニチンの単結晶ではないかもしれないが、不純物も致命的な毒物揃いならば、危険度は純粋なアコニチンとそれほど変わらんだろう」

「いずれにしても、警察が調べればわかることです。すぐに通報してください」

本島が、決然と言った。

「わかりました。衛星携帯電話を使うしかないので、いったん一階へ下りましょう。ただ、その前に」

時実は、何か考え込みながら、棚にある箱形の時計を見やった。

「……今、九時四十四分ですね。時間は、重要になるかもしれません」

「どういうことですか？」

純子も時計を見る。青い破線の縁取りがある銀色の文字盤の下で、どういう仕組みなのか、空色、緑、赤の三色の輪が内接して回転する独特のデザインだった。

「皆さんに、お訊きしたい。怜子さんは、自殺したんだと思いますか？」

全員が、しばらく押し黙る。

「私には、とても信じられません」

本島が、沈黙を破った。

「私の知る森先生は、絶対に、自殺するような方ではありませんでした」

「……しかし、怜子は、以前から、急に鬱状態になることがあったな」

熊倉が、嘆息する。

「私と結婚していたときも──厭世的《えんせい》というのかな、何もかも嫌になったと言って、部屋に閉じこもることが何度かあったよ」

「たしかに、バステトが死んだ後は、ずっと、そういう状態が続いていました」

時実も、思い出すように目を細める。

そのとき、純子は、なぜか全身にぞっと鳥肌が立つのを感じた。

理屈ではなく直感で、猫の死が、飼い主の死につながっているような気がしたのだ。

「で、でも、こんなタイミングで自殺されるなんて変ですよ。皆さんをお招きした晩だっていうのに」

夏美は、ようやくショックから少し立ち直ったらしい。声は少し震えていたが、しっかりしていた。

「さっき、森さんはコーヒーを吐き出していたと言いましたね。だとしたら、自分の意思で毒を呑んだのではないことになりませんか？」

純子の指摘に、熊倉は首を捻る。

「必ずしも、そうとは言えんだろうな。アコニチンには舌が痺《しび》れるような刺激があるはずだ。意を決して自殺しようとしても、反射的に吐き出すか嘔吐することは充分考えられる」

「……これ、もしかしたら、遺書じゃないですか？」

ずっと白手袋をはめたままだった川井が、机の上にあるメモ用紙を取り上げた。

「ちょっと、読んでみてください」

全員が、遺体を避けるようにして机の周りに集まり、メモ用紙に書かれた文字を読んだ。そこには、こう走り書きされていた。

ミステリークロック。永遠の少年。ネバーランド。
もう、汚れた世界にはいたくない。

「たしかに、森先生の筆跡のようですが……。遺書だとしたら、森先生なら、もっとわかりやすく書かれるんじゃないでしょうか」

本島が、眉を寄せる。

「ふん！『擬態する遺書』という名作短編を読んどらんのか？　主人公は、チラシの裏にこれと同じような走り書きで遺書を残すのだ。それも、一見しただけでは遺書とはわからんような曖昧《あいまい》な文章でだ」

　ヒキジイが、非難するように言った。

「いや、恥ずかしながら未読です。森先生が、そんな作品を書かれていたとは知りませんでした」

「何を言っとるんだ。私の短編の代表作だ」

　ヒキジイは、胸を張る。

「榎本さん。あなたは、どう思われますか？」

　時実が、榎本の方に向き直る。

「私には、とうてい自殺とは思えません」

　榎本は、即答した。

「それは、なぜですか？」

「森先生にお目にかかるのは今日が初めてでしたが、たいへん高い美意識をお持ちの方だと感じました。それは、お話の節々や、あの素晴らしいコレクションから、あきらかでしょう。もし自殺されたのなら、当然、亡くなった後、皆さんに発見されるときのことも、お考えになったはずです」

　榎本は、遺体に目をやる。純子は、はっとした。なぜ今まで気づかなかったのだろう。

「森先生だったら、せめて、そこにある休憩用のソファに横たわってから服毒したでしょう。この様子では、毒殺されたとしか考えられません」

「わかりました」

時実は、深くうなずいた。

「僕も、まったく同意見です。つまり、これは、殺人事件だというわけだ」

時実の声が、急に不穏な響きを帯びた。大股《おおまた》に歩いて、部屋の隅にある縦長のロッカーの前に行くと、テンキーで暗証番号を打ち込む。

解錠される音が響くと、時実は金属製の扉を開けて、中から猟銃を取りだした。誰もが、事態の急変について行けず、その場に呆然と立ち尽くしていた。

「だとすると、この中に殺人者がいるということになります。皆さん。動かないでください。少しでも不審な動きをしたら、その場で、ためらわず射殺します」

時実は、水平二連式の猟銃を構えると、全員に銃口を見せるためか、ゆっくり時計回りに振った。

「時実さん。ちょっと落ち着いてください。何もそんなことをしなくても、警察が来れば、すべて、あきらかになりますから」

本島は、驚愕《きょうがく》から立ち直って、何とか時実を説き伏せようとする。

「いや、そうとは思えませんね。かりに犯人の目星が付いたとしても、裁判で有罪にできるだけの証拠が残っているとは限りません。しかも、それ以上に、僕には我慢ならないことがある」

時実の平板な声は、かえって凄《すご》みを感じさせた。

「犯人が特定され、有罪判決を受けたとしても、おそらく死刑にはなりません。それでは、とうてい正義がなされたとは言えないでしょう？　ここにいる我々、そして多くの読者から愛されていた怜子さんは、二度と再び、話すことも、小説を書くことも、愛し合うことも、ワインを楽しむこともできないんです。その一方で、犯人の処遇はどうなるでしょうか？　たかだか十年ちょっと拘束されるだけで、娑婆《しゃば》に出て来るんです。どう考えても、罪と罰のバランスが取れていないんですよ」

反論を期待したのか、弁護士である純子に全員の視線が集まった。しかし、純子はあえて何も言わなかった。応報感情と法律のギャップは、言葉や理屈では容易に解きほぐせないし、そもそも、この状況で、銃を持っている人物の機嫌を損ねるようなことは言いたくない。

「ですが、今この場で、犯人を特定するのは難しいと思いますよ。犯人は、自分がやったとわかったら撃ち殺されると知っていて、自白するはずがない。その一方で、我々には鑑識の道具も技術もありません。ＤＮＡや微物鑑定はおろか、指紋さえ採れない状況では、証拠を見つけるのは至難の業です」

榎本の説得に、時実は静かに耳を傾けていたが、やがて、ゆっくりと首を横に振った。

「たしかに、科学捜査の恩恵が受けられないという点で、我々は江戸時代の岡っ引きも同然です。しかし、有利な点も二つばかりある。第一に、裁判で有罪に持っていくほどの証拠は必要ありません。僕は、犯人が誰か確信した時点で、刑を執行します」

「わかってるのか？　そんなことをしたら、あんたも殺人犯になるんだぞ？」

熊倉が詰め寄ろうとしたが、時実が銃を向けると、ぎくりとして後ずさる。

「……かまいません。僕はただ、怜子さんの復讐《ふくしゅう》をやり遂げるだけです」

「で？　時実先生。もう一つの有利な点って何ですか？」

川井が、こうなったら役者として腹を括《くく》ろうと思ったらしく、ドラマに出てくる名探偵のような口調で訊ねた。

「これから一人一人に証言してもらいますが、その真偽を判定するのは全員です。これは、警察ではやろうと思ってもなかなかできない尋問方法です。万が一、おかしな部分や齟齬《そご》があれば、誰かが気づく可能性が高いと僕は思いますね」

時実は、うっすらと微笑んだ。

「しかも、ここにはたまたま、犯罪やミステリーには造詣《ぞうけい》の深いメンバーが集まっています。犯人がどんなに狡猾《こうかつ》でも、はたして全員を欺き通すことができるでしょうか?」

5

「なるほど。時実さんのお気持ちは、よくわかります。処刑云々《うんぬん》というのはともかくとして、犯人の正体を突き止めたいのは、私も同じです」

本島は、犯人を射殺するという時実の宣言は、はったりだと考えたようだ。

「皆さん、いかがでしょうか? 今、このタイミングで、全員の話を突き合わせてみれば、真相が見えてくるかもしれません」

「もちろん、そういうことなら、協力は惜しまないが」

熊倉が、のぼせたような顔で言う。もしかすると、血圧が高いのかもしれない。

「どんなふうに、やるつもりなのかね?」

時実は、うなずいた。

「そうですね。……まず、事件現場はこれ以上荒らさないほうがいいと思います。皆さん、いったん一階に下りてください。それから、順番に話を伺うことにしましょう」

「その前に、ちょっと確認したいことがあるんですが」

榎本が、待ったをかける。

「パソコンの電源が落ちてますね。森先生は、仕事をするため書斎に上がったわけですから、毒殺されたとしたら、その時点では、まだパソコンは起動中だったはずです」

「そうか！　つまり、犯人が電源を落としたということだ」

川井が、叫んだ。

「おそらくは。では、いったい何のために、わざわざパソコンを終了させたのでしょう？」

「やっぱり、自殺に見せかけるためじゃない？」

なぜ、そんなあたりまえのことを訊くのかと、純子は思う。

「モニターに書きかけの文章が残ってたら、いかにも突然亡くなったっていう感じだけど、終了してあれば、死ぬ前に気持ちの整理ができていたっていう印象になるでしょう？」

「私には、そうは思えんな。ミステリーでは、モニター画面に遺書らしきものが残っていることが多いが、そのほとんどは犯人が書いたものだ。筆跡を気にしないですむのは、大きなメリットだからな。特に今回のように、自殺か他殺かが微妙なケースでは、たとえ決定的な証拠にはならなくても、自殺を示唆するために遺書を残したいのが人情だろう。犯人がなぜそうしなかったのかが、私には謎なんだが」

ヒキジイが、腕組みをして反論する。

「遺書は、すでにあるからじゃないですか？」

純子は、さっきのメモを指差した。遺書が重複したり、紙とモニター画面にまたがったりしたらおかしいだろう。

「なるほど。だが、だとすると、よけいにパソコンを終了させたことがうなずけんな」

ヒキジイが、容易に納得しない。

「走り書きで遺書を残すのは、発作的な自殺を意味している。パソコンを終了させる余裕があったんなら、もっとちゃんとした文面にしそうなものだ。演出が分裂しとるのだよ」

「つまり、犯人は、怜子さんを毒殺してからPCを終了させたわけですか。最後まで終了を待っている必要はないから、数秒ですむ行動とはいえ、何の意図があってそうしたかですね」

時実は、猟銃を持ったまま考え込んだ。

今なら、誰かが飛びかかれば、時実から銃を奪えるかもしれない。純子はそう思ったが、映画ならともかく、現実には誰もそんな危険を冒そうとはしない。

「……うーん。わかりません。すぐには結論が出そうにないですね。PCを落とした理由は、いったん保留ということでいいですか？」

「そのことなんですが、もう一度、パソコンを立ち上げてみたいんですが。森先生の絶筆になった文章を見れば、何か手がかりがあるんじゃないかと」

榎本のリクエストに、時実は、しばらく考えてから首を振った。

「それは、ちょっとリスクが大きすぎるような気がしますね。僕は専門家じゃありませんが、不用意に触ってデータが失われる危険性は無視できないと思います。後ほど、警察に調べてもらった方がいいでしょう」

「なるほどな。たしかに、証拠の保全は慎重にやった方がいいかもしれん」

熊倉が、珍しく時実に賛同する。

「もう一つだけ。森先生は、お仕事中、ラジオを聴かれてましたか？」

榎本は、妙な質問をした。

「そうですね。聴くこともあったと思いますが、どうしてですか？」

「机の横の棚に、アキュフェーズのFMチューナーがありますね。すでに廃番でしょうが、新品のときには三十万円以上しただろう代物です。ハイレゾ音源が注目を浴びている昨今、音質で劣るFM放送を聴くためにこんなハイエンド製品を使っている方は少数派でしょう。よほどラジオがお好きだったのかと思ったんですが」

何を言っているのか、いまいちよくわからない。

「そのことなら、ちょっと前にエッセイに書かれてましたよ。執筆中、音楽が欲しくなることがあるけど、いちいちCDを取り替えるのは面倒だと。それでふと、受験勉強をしていた時にFMを流していたことを思い出し、試しにかけてみたら、日本語のおしゃべりも意外に邪魔にならず、さくさくと仕事が進んだそうです」

本島が、森怜子フリークぶりを披露して、場をほろりとさせた。

「まあ、青春時代にはラジオをよく聴いていた世代ですからね。でも、それが、どうしたんですか？」

時実が、少し苛立《いらだ》ったように訊ねた。

「パソコンと同じですよ。やはり、森先生が亡くなったとき、FMはつけっぱなしになっていたんじゃないでしょうか？」

「じゃあ、それも、犯人が消した？」

川井が、わけがわからないという顔でつぶやく。

「その可能性は、大でしょうね」

だとしても、それが意味するところは、純子には見当も付かなかった。

それから、全員が時実の銃口に追い立てられるようにして一階へ下りた。六人の招待客と、佐々木夏美、騒ぎを聞きつけて自室から駆けつけた山中綾香という面々である。

広間に戻ったとき、純子は、まず八つの時計が無事かどうかを確認した。だいじょうぶ。全部ある。榎本とはずっと一緒だったから、盗む人間はいないだろうが。

「……九時四十九分か」

時実は、壁の電波時計に目をやってから、何人かがソファに陣取りかけたのを見て、嫌な顔をした。

「ここではリラックスしすぎてしまい、事情聴取には不向きなようです。ダイニングの方へ移動していただけますか？」

時実が威圧的に銃を振って促したために、やむをえず、全員がダイニングへと移動した。大きなテーブルに向かって八人が座り、時実は立ったままだった。

「皆さん。そこの時計を見てください」

時実が、グランドファーザー・クロックを銃口で指した。

「今、九時五十分ですね」

隣にあるパタパタ時計の二枚のプレートが、4 9から5 0へとパタパタと変わる。

「だらだらと、エンドレスで議論している時間はありません。一時間をめどにしましょう。その間に犯人を特定します」

「もし、それができなかったら？」

熊倉が、脂汗の浮いた顔で訊ねる。

「できますよ。その時点で僕が判断し、犯人を処刑します」

時実は、冷然と言い放った。

「ブラフだとは思わないでくださいね。皆さんにこちらに移っていただいた本当の理由は、広間で発砲すると、怜子さんのコレクションに当たる危険があったからです」

純子は、背筋にひやりとするものを感じていた。時実はまさか本気じゃないだろうと高をくくっていたのだが、少し甘く見すぎていたのかもしれない。

この男は、いざとなれば、平然と人を撃つだろう。それは、直感の警告だった。

「皆さんにアドバイスします。犯人は、何とか議論を引き延ばし、真相の解明を妨げようとするでしょう。もし誰かの発言にそういう傾向が見えたら、疑ってみてください。それから、完璧《かんぺき》な証拠がなくても処刑は強行します。つまり、たとえ無実でも、百パーセント安全ではないということです。冤罪《えんざい》で処刑されるのが嫌なら、一時間以内に本物の犯人を突き止められるよう、最大限の努力を払ってください」

無茶苦茶だ。純子は、突然、自分が置かれている状況の理不尽さ、深刻さが身に染みた。犯人だと誤解されたら最後、問答無用で暴力による死が待っているかもしれないのだ。

「待ってくれ。まず、この中に犯人がいるという前提がおかしいかもしれんだろう?」

熊倉は、頭を掻きむしっていたらしく、細い髪の毛が逆立っていた。

「その点については、疑問の余地はありません」

時実は、動じない。

「外部から何者かが侵入して、怜子さんを殺害できたはずはないんです。そうですよね？　榎本さん」

榎本は、うなずいた。

「来たときに見たのですが、この山荘の正面玄関と勝手口には指紋認証錠が付いています。解錠するためには、登録者の指紋か十二桁《けた》の暗証番号が必要ですから、外部の人間の侵入はまず不可能と言っていいでしょう」

「だが、窓から入った可能性もあるだろう？」

熊倉は、食い下がる。

「その点もチェックしましたが、私が見たときには、窓は全部閉まっていました。窓を開けたり、ガラスを破ったりすると、センサーによって非常ベルが作動するはずです」

榎本の答えに、時実が補足した。

「榎本さんの言うとおりですよ。本当は、セコムかALSOKに依頼したかったんですが、残念ながらサービスエリア外でした。その代わり、センサーは同等以上のものを付けてあります」

「監視カメラはないんですか？」と、川井が訊ねた。

「ありません。それも今回、榎本さんにお願いしようと思ってたんですが」

時実は、残念そうに言う。

熊倉は、なおも何か言おうとしたが、結局は諦めたようだった。

「怜子さんが書斎に行った時刻は、たしか午後八時四十一分頃でした。我々が書斎に行って遺体を確認したのは午後九時四十四分のちょっと前でしたから、こちらも、ほぼ一時間ということになります」

時実は、メモも見ずにすらすらと時刻を口にする。

「それでは、その間、皆さんが何をされていたかを順番にお聞きしましょう。……最初は、川井さんから」

「ちょっと待ってくれ」

川井は、疑い深そうな目で、時実を睨《にら》む。

「まずは、あんたのアリバイから聞かせて欲しい。あんたは、電話をするために外に出て、一番長い間、席を外していたじゃないか？」

時実は、静かな目で川井を見返した。

「いいでしょう。私は、その間ずっと、衛星携帯電話で、飛鳥書店の清水社長とお話をしていました。その後で広間の電波時計を見ましたが、たしか九時三十九分でしたね」

「あんたの言葉だけでは、アリバイ成立とはいかないな」

川井は、強情そうに腕組みをした。

「もちろん、この場だけごまかすために嘘をつくことはできます。しかし、そんなものは、後で裏を取れば、瞬時にバレる話ですよ」

時実は、肩をすくめた。

「あのときの通話の相手が清水社長だったことは、本島さんも確認されてますよね？」

「はい。たしかに社長でした」

本島は明言する。思い出しただけで、少し嫌そうな顔になっていた。

「お聞きになったとおりです。清水社長は、僕の話が真実だと証言してくれるでしょうね。正確な時間は、双方の電話の記録をチェックすれば確認できるはずです」

「それでも、電話をしながら、わずかな時間の隙間を縫って犯行に及んだという可能性は、残るんじゃないかな？」

川井は、なおも食い下がる。

「あんたなら指紋認証錠もフリーパスだから、外を回って正面玄関から入り、二階へ行けたはずだ。指紋認証錠のログは、残っていないのかな？」

「ログは残らないシステムなんです。しかし、屋内で衛星携帯電話を使うためには、屋外のアンテナとケーブルでつないだ中継器が必要です。ここにはそんな設備はありませんから、僕は、ずっと空を見渡せる場所——山荘の外にいなければなりませんでした。犯行は不可能ですよ」

「清水社長と電話されていたのは、三十分ほどでしょうか？」

榎本が口を挟む。

「まあ、そんなものでしょうね」

純子は、思い出してみた。時実が本島に電話を渡したとき、壁の電波掛け時計を見たが、たしか九時八分だった。それから、もう一度代わった時実は、電話をしながら姿が見えなくなったが、通話を終えて戻り、価格当てゲームの終わりを告げたのが九時三十九分だった。通話していたのが九時三十八分までなら、おおよそ三十分になる。

「差し支えなければ、そんなに長い間、何を話されていたのか教えていただけますか？」

榎本が訊ねると、時実はむっとしたようだった。

「通話していた事実がわかれば、アリバイには充分でしょう。内容まで必要ですか？」

「時実さんは有名な作家さんでしょうが、大手出版社の社長とそこまで親しいというのは、ちょっと不思議だったものですから」

「なるほど。せめて怜子さんクラスなら、ということですね」

時実は、不愉快そうに唇を歪める。

「わかりました。僕は清水社長にある提案をしたんですよ。大まかに言ったら、怜子さんの全作品を飛島文庫に入れて、包括的に映像化権を委《ゆだ》ねるという内容です」

　これに一番驚いた表情を見せたのは、夏美だった。

「あの、それは、森先生もご存じの話だったんですか？」

「もちろんだ。僕が独断で、そんな提案をできるわけがない」

「でも、全作品、それに映像化権もというのは……。オリジナルの本を出した出版社には、寝耳に水でしょうし」

　単行本や文庫本を出している出版社とは、二次利用の権利を定めた契約書を交わしているだろうし、強行すれば、関係にひびが入るだけではすまないかもしれない……。

「それで、飛島書店《うち》は、どんな対価を支払うんですか？」

　本島の方は、自分の頭越しに話をされたことで、困惑を滲《にじ》ませていた。

「それはまだ交渉中なんですが、映画会社やテレビ局に働きかけて映像化を促進することや、大々的な森怜子フェアを行うこと、その他です」

　その他の中には、現金も含まれているのだろうか。それがいくらになるのかは、純子には見当も付かなかったが。

　しかし、これで、全員が同じ印象を抱いたことだろう。森怜子が亡くなったら、現在ある財産だけでなく全著作権を相続する時実は、莫大《ばくだい》な利益を得ることになるのだ。

「では、川井さん。今度は、あなたの番です」

川井は、頭を掻くと、唇を舐めた。

「俺は、特に話すことはないですよ。だって、ずっとみんなと一緒にいたでしょう？」

「本当ですか？　一瞬たりとも席を外したことはありませんか？」

時実は、鋭い目で質問をたたみかける。

「いや、ないね」

川井は、この肝心なときに、無残なまでの大根役者ぶりを露呈してしまった。嘘をついていることは、誰の目にもあきらかである。

「私は、部屋が暗かった間に、あんたが広間から出ていったのを見たように思うんだが」

熊倉が、ねっとりと追及する。

「え？　いや、そんなはずは……」

「川井さん。本当のことを言わないと、犯人にされてしまいますよ」

純子の警告に、顔色が変わる。

「ちょっと、待ってくれ。俺は、その別に」

「私も、鮮明に覚えている。時間はわからないが、まさに佳境というところで、たしかに、あんたは広間を出て行った。その際、私の車椅子に蹴躓《けつまず》きそうになったからな」

ヒキジイが、とどめを刺す。

「まさかとは思ったが、あなたが犯人だったんですか？」

時実が、銃口を川井に向ける。

「待ってくれ！　違う。俺は、何もやってない！」

「じゃあ、なぜ嘘をついたんです？」

「それは……疑われると思ったからだ！　時計の値段当てをやってるとき、頭を冷やそうと思ってトイレに行った。だけど、すぐに戻ったんだ！　広間から外に出てたのは、たぶん、二、三分だろう。……熊倉さん。俺は、二、三分くらいで戻ったでしょう？」

「うーん。戻ってきたことは、まちがいないが、何分くらいと言われても」

熊倉の返答は、要領を得なかった。

「引地さん……引地先生なら、鮮明に覚えてますよね？」

「まことに残念ながら、まったく覚えとらん。帰ってきたときには、私の車椅子に蹴躓かなかったからなあ」

ヒキジイは、涼しい顔で言う。

「そんな……。だいたい、なんで俺が、怜子叔母さんを殺さなきゃならないんだ？」

追い詰められた川井は、叫んだ。さすがによく声が通って、迫力がある。

「そのことなんですが、あなたは、かなり以前から、経済的に苦境にあったようですね？　怜子さんに何度も借金を申し込んでいたことは、逐一聞いてますよ」

時実の銃口は、微動だにしない。

「それは……だからといって、殺すわけがないだろう！　叔母さんは、ずっと俺を可愛がってくれたんだ！」

「そうでしたね。前に怜子さんの遺言を見たんですが、肉親への愛に溢《あふ》れた内容でしたよ。あなたには相当な額の遺産が渡ることになっていましたから」

「え？　それは知らなかった。叔母さんは、俺には、そんなことは一言も。本当なんです。皆さん、どうか信じてください」

川井は、涙ながらに無実を訴えたが、時実は無言だった。川井に向けられる周囲の目が、あきらかに変わりつつあることを感じて、純子は口を開いた。

「あの、ちょっと待ってください。川井さんが広間を出たとしても、具体的にどうやって、森先生を殺害したというんですか？」

沈黙が訪れた。

「それは、階段を上がってこっそり書斎に行き、怜子と雑談しながら、隙を見てコーヒーにアコニチンを入れたんじゃないのかな。犯行は、五分もあれば可能だっただろう」

熊倉は、いつのまにか、川井犯人説の急先鋒《きゅうせんぽう》になっていた。

「その説明には、かなり無理があります」

榎本がそう言ったので、純子はほっとした。

「まず、いくら甥御《おいご》さんとはいえ、急に書斎に現れたら、森先生も不審に思うんじゃないでしょうか？」

「わたしも、そう思います。先生は、執筆中に邪魔が入るのを何より嫌われてました」

夏美が、証言する。だから、時実に様子を見に行けと言われたときに、二の足を踏んでいたのだろう。

「それに、相手が飲んでいるコーヒーに隙を見て薬物を混入するのは、相当難しいと思いますよ。何か妙なことをしたら丸見えですから」

「それは、状況によるんじゃないのかね？　怜子の視線がモニターに釘付けになっているときを選んだとか、何か理由を付けて、コーヒーカップを取り上げたとか」

熊倉は、しつこい。

「では、その点はクリアーできたとしましょう。しかし、肝心のアコニチンは、どうやって入手したんですか？」

「それは……怜子の部屋にあったものを使ったんだろう。毒物のコレクションのことなら、聞いていてもおかしくない」

「つまり、川井さんは、手ぶらで森先生の書斎に行くと、その場でアコニチンを調達して、首尾よくコーヒーに混入して殺害したということですか？　わずか五分くらいの間に？」

これには、誰も答えなかった。川井犯人説がほとんど言いがかりに近いことに、ようやく全員が気づき始めたようだ。

「待ってくれ。こういう可能性もある。たしかにあの場には、これ見よがしにアコニチンの小瓶が置かれていたが、犯人は、持参した別の毒物を使ったのかもしれん」

熊倉は、まだ諦めようとしない。よほど、川井が気にくわないのだろうか。

「アコニチン中毒かどうかは、警察が調べれば、すぐにわかることです。そんな見え透いた偽装をするとは思えませんね」

時実は否定的だった。

「では、アコニチンを使ったが、それは、別途用意したものだったとしたら？」

「そう簡単には、入手できないんじゃないですか？」

純子は疑問を呈する。時実は、自分で精製したと言ったが、誰にでもできることではないだろう。

「……いいでしょう。現時点では、川井さんがやったという確証は見つかりませんでした。検討を続けましょう」

時実は、ようやく銃口を下げた。川井は、椅子に深くもたれて、深呼吸をしている。

ひどいことになったと、純子は思った。はたして、無事にこの山荘を出ることができるのだろうか。

グランドファーザー・クロックに目をやると、十時六分を示している。

パタパタ時計が動いて、10：05から10：06に変わった。

時実が、この私設法廷を始めたのは、九時五十分だった。まだ十六分しかたっていないのかと思う。

長い夜になるかもしれない。

6

「コーヒーのことなんだが」

熊倉が、疲れた声で言った。短い間に、顔にはべっとりと脂汗が浮き、細く短い髪の毛が逆立っている。

「誰が犯人かという話に熱中するあまり、基本的な事実の確認を怠っていたように思うな。そもそも、あれは、誰が淹《い》れたものかね？」

「それが重要なんですか？」と、本島。

「どの時点で毒を混入できたかというのは、重要な点だろう？　それに、犯人がコーヒーを怜子に持って行ったとしたら、人物像についてもある程度の手がかりが得られる」

時実は、うなずいた。

「山中さん。コーヒーを淹れたのは誰ですか？」

ダイニングの隅で身体を強張《こわば》らせていた山中綾香は、突然名指しされて、顔を上げた。

「あ、あの。わたし……あ、あれは、あの」

パニックに陥りそうになった綾香を見て、時実は優しい声になった。

「だいじょうぶですよ。別にあなたを疑っているわけではありません。……順番に訊きましょうか。晩餐会が終わったのは、たしか、午後八時ちょうどでした。その後、あなたはどうしましたか？」

「わ、わたしは、洗い物を」

まだ声は震えているが、徐々に落ち着きを取り戻しつつあるようだ。

「どのくらいの間ですか？」

「だいたい……三十分か四十分くらいです」

「だが、皿洗い機があるだろう？　どうして、そんなにかかるのかね？」

熊倉の尋問に、綾香は、また身を竦ませた。

「食洗機にかけられない食器が多いからです。料理を召し上がっているとき、気がつかれませんでしたか？」

夏美が、珍しく語気を強めて答える。

「銀食器も、ジノリのお皿も、漆器も、すべてていねいに手洗いしなきゃならないんです。わたしもちょっと手伝いましたが、それでも、そのくらいの時間はかかりました。その後、洗い終わった食器をきれいに拭《ふ》いて食器棚に戻すだけでも、二十分くらいは」

熊倉は、夏美を睨み返す。

「私はただ、一つ一つ、事実を確認しているだけだ」

時実が、黙れというように、熊倉の方に銃口を振った。

「怜子さんは、仕事を片付けるため広間を出て書斎に行きました。午後八時四十一分頃です。そのとき、彼女はキッチンに寄りましたか？」

「あ、はい」

綾香の声は、ようやく生気を取り戻す。

「ご自分で、コーヒーを淹れてらっしゃいました。わたしがやるって申し上げたんですが、後片付けで忙しいでしょうから、自分でやりますっておっしゃって」

「それから、あなたは、どうしましたか？」

「洗い物を終えて、後片付けをして、それから、自分の部屋に戻りました」

「あなたの部屋は、どこにあるんですか？」

本島が訊く。

「あの、一階の、一番端なんですが……」

「正面玄関から入って右手がレストルーム、その横がエレベーターで、一番端が山中さんの部屋です」

夏美が、また代わって説明した。

「もともとはクローゼットだった部屋ですけど、住み込みじゃなくて、今晩みたいなときに泊まってもらうためなので」

狭い部屋をあてがっていることに、罪悪感があるらしい。

「自室に戻ってから、外に出ましたか？」

時実が、綾香に質問を続行する。

「いいえ。ずっと部屋で雑誌を読んでました。夏美さんの悲鳴がして、どうしたんだろうと思ったんですが、直後に皆さんが二階に走って上がられた足音が聞こえて、わたしも後から上がったんです。まさか、こんなことに……」

綾香は、声を詰まらせる。

「で？　今の話で、何がわかった？」

川井が、皮肉な調子で熊倉に言う。

「非常に重要な点が、明らかになったと思うがね」

熊倉は、戦闘的に顎《あご》を突き出す。

「コーヒーは、怜子が自分で淹れて、持って上がったということだな。ということは、毒を混入するタイミングは、非常に限定される。誰かが書斎を訪ね、怜子と話をしている間に、隙を見てコーヒーに毒を投入したとしか思えん」

「やっぱり、俺を疑っているように聞こえるがね。そのやり方には無理があるってことで、さっき結論が出ただろう？」

川井は、熊倉への遺恨を剝き出しにしていた。

「結論など、何も出てなかったと思うがね？　いったん保留になっただけで」

熊倉は、下顎の歯を剝き出した。寝惚けたモグラのような風貌が、ブルドッグに変化したように見える。

「だいたい、書斎以外でコーヒーに毒を入れる方法があるなら、教えてもらいたいね」

これに反応したのは、ヒキジイだった。

「たとえばなんだが、あらかじめコーヒー豆に仕込んであったという可能性はどうかね？　あながち否定できんと思うが」

「……しかし、もしそうだったら、残りの豆やコーヒーの出し殻にもアコニチンは残ってるはずだ。コーヒーを淹れた後の滓《かす》は、どうしたね？」

「ゴミ箱の中にあるはずです」

綾香が、小さな声で答えた。

「それが真相だとしたら、警察が分析すれば、毒物は簡単に発見されるでしょう。しかし、僕には、犯人がそんな証拠を残すような方法を採ったとは思えませんね」

時実が、考え深げに言う。

さっきから時実の言っていることには根本的に矛盾がある。純子は、ようやく気がついた。森怜子の死因やパソコンの中身、コーヒーの出し殻の分析などは警察に委ねると言いながら、それ以前に犯人を特定して自ら処刑するというのは、どう考えても無理がある。

やはり、時実の脅しは、犯人にプレッシャーをかけるためのブラフだろう。だとすれば、犯人に間違えられて射殺される可能性も、ほとんどないことになる。

おそらく、ブラフであるはずだ。いやいや、どうかブラフであってくれと、純子は祈った。今は、犯人が見つかることよりも、自分が無事であることの方が、はるかに優先される。

「余計な茶々が入って中断されたがね、私が言いたかったことには、まだ続きがある」

熊倉が、ねっとりと言う。

「たしかに、犯人は、書斎で、コーヒーにアコニチンを混入した可能性が高いんだろうな。しかし、そこには、もう一つ越えるべきハードルがある」

「どういうことですか？」

時実が、不思議そうに訊く。

「アコニチンは、水に対しては難溶性なんだよ」

熊倉は、細い目で一同の顔を見渡す。

「だから、ただ単に隙を見て、カップに粉末を入れて事足りるわけじゃない。砂糖のように簡単に溶けてはくれないからな」

「じゃあ、どうやったら溶けるんです？」

時実の目つきが、険しくなった。

「いったん、アコニチンを別の溶媒——おそらくは油分に溶かしてから、投入する必要があるだろうな」

「だとしても、油は、水には溶けないでしょう？」

本島が訊ねると、熊倉はせせら笑うような表情を見せた。

「コーヒーは、コロイド溶液の一種だ。水溶液中に油分の微粒子が漂っている状態だから、牛乳のようなものだな。コーヒーには、実際、石鹼《せっけん》のような界面活性成分が含まれていると聞いたことがある」

「しかし、コーヒーに油なんか入れたら、気がつくんじゃないかな?」

川井が、反論する。

「たしかに、コーヒーの表面をよく見ると細かい油滴が浮いていることがあるけど。しかし、バターコーヒーみたく油っぽくなったら、叔母は不審に思ったはずだ」

「まだわからんのか。鈍いにも程があるな」

熊倉は、もはや、川井に対する軽蔑《けいべつ》を露《あら》わにしていた。そこには医学部を出た受験秀才のプライドと、容姿端麗な若者に対するコンプレックスが、複雑に絡み合っているような気がする。

「何だ? あんた、さっきから、いったい何様だよ!」

川井は、熊倉に詰め寄ろうとした。

「わかった!」

そのとき、純子は思わず叫んでいた。川井も、驚いたように動きを止めてこちらを見る。

「コーヒーに溶かしても不自然じゃない油が、あるじゃない!」

「そうですね。昔から、コーヒーには」

榎本が口を開く。せっかく思いついたのに、先に言われてなるものか。

「そう。コーヒーの精油ね！　それしかないわ」

「え？」

榎本は、ぽかんと口を開けたまま固まった。

「アロマテラピーで使うでしょう？　コーヒー豆から抽出した、エッセンシャルオイル！　あれだったら、コーヒーとも相性がいいだろうし、香りも同じだから怪しまれることもないはずよ」

「でも、コーヒーに限りませんが、精油は絶対に飲んだらだめだって教わりました」

夏美が、遠慮がちに指摘する。

「何言ってるの？　人を毒殺しようとしている犯人が、今さら、そんなこと気にするわけないじゃない？」

純子は、自信たっぷりに鼻で笑いながら、退ける。

「いや、でも、それはおかしいんじゃないかな」

川井が、困惑したように言う。

「いくらコーヒー由来でも、精油なんか入れたら溶けないと思うけど。コーヒーの表面に、べったり油膜ができるだけで」

「それに、同じコーヒーとはいえ、香りが突然、極端に強くなりますから、すぐにわかると思います」

榎本も、ダメ出しをする。

「おそらく、味もひどく苦くなって、飲めたもんじゃないだろうな」

川井とは対立していたはずの熊倉までもが、反青砥連合に加わった。

「精油って刺激が強いですから、口に含んだ瞬間、まちがいなく吐き出すと思います」

夏美が、ついに遠慮を捨てて、引導を渡す。

「わたしは、ただ、可能性を一つ一つ潰していっているだけですけどー」

純子は、平然とうそぶいた。いつのまにか、こういう四面楚歌《しめんそか》の状況に慣れて、ふつうに対応できる自分が怖い。

「だとすると、榎本さん。もちろん、あれしかないわね？」

追及をかわすため、話を丸投げする。榎本は、咳払いをした。

「ええ。一般的に、コーヒーに入れてもおかしくない油分のあるものといえば、ミルクか、クリームだと思います」

熊倉も、うなずいた。

「私が指摘したかったのも、そのことだ。アコニチンには舌が痺れるような刺激があるが、それもクリームで和らげられるからな。……まったく、どいつもこいつも、愚にも付かない邪魔ばかり」

愚にも付かないとまで言われるのは、純子には心外だった。せめて、愚かしい、くらいで止めてほしい。

「そういえばたしかに、カーペットのコーヒーの染みは、ミルクかクリームが入ったような色だったな……」

時実が、目を閉じてつぶやく。

「もう一度、現場を見てみませんか？」

榎本が、提案する。

「さっき見落としていたこともあるでしょうし、いくつか確認したいこともあります」

「いや、全員、この場を動かないでください」

時実は、にべもなかった。

「この中に犯人がいるという確信は、ますます強固になりましたよ。証拠隠滅の恐れがある以上、皆さんを現場に近づけるわけにはいきません」

「しかし、それでは、犯人が誰かを突き止めるのは、難しいですよ」

本島が、時実の銃を見ながら、いさめるように言った。

「だいじょうぶ。僕の目はカメラと同じですから、現場に存在したものは、すべて、ここに記録しています」

時実は、自分の頭を指さす。よほど記憶力に自信があるらしい。

「では、現場には、クリームの容器のようなものは、ありましたか？」

榎本の問いに、時実は即答する。

「ありましたね。空になったプラスチックの容器が、机の下に転がっていました」

純子は、驚いた。まったく、そんなものに気がつかなかったからだ。カメラ・アイというのは、あながち嘘でもないらしい。

「ポーションパックですね。ということは、クリームではなくて、コーヒーフレッシュかもしれません」と、榎本。

「よく、喫茶店で出てくるやつでしょう？　ミルクとは違うの？」

「東京では、恐ろしいことにミルクと呼ばれていますが、私は、はっきり区別するために、関西での呼び名、コーヒーフレッシュを使っています」

榎本にはこだわりがあるようだったが、いったい何が違うのだろうか。

「そのコーヒーフレッシュにも、アコニチンは溶かせるの？」

「コーヒーフレッシュは、見た目はミルクやクリームのようですが、実際には、サラダ油のような油脂と水を乳化剤を使って白く乳濁させたものなんです。したがって、アコニチンを溶かすにはうってつけです」

知らなかった。自分は、コーヒーに添加物入りのサラダ油を入れて飲んでいたのか。

「なるほど。非常に興味深いな。ポーションパックは、重要かもしれん」

ヒキジイは、なぜか非常に生き生きとしてきたようだ。

「森女史が覚悟の自殺をしたとするなら、アコニチンをわざわざコーヒーフレッシュに溶かしてから入れるのは、不自然ではないか？　コーヒーに溶けきれず多少ざらついていても、そのまま飲み込めばいいわけだからな」

「なるほど。つまり、もしコーヒーフレッシュのポーションパックを調べて、アコニチンが検出されたら、他殺の疑いが強まるというわけですね」

本島は、ヒキジイを見直したようだった。

「しかしだ。私が犯人だとしたら、きれいなポーションパックを別に用意しておくだろう。アコニチンを混入した方は、ごく短時間で処分できる」

たしかに、小さなプラスチック容器なら、中を洗うなり、切り刻んでトイレに流すなり、どうにでもできそうだ。結局、決め手にはならない。

「森先生は、コーヒーにクリームなどを入れることはあったんですか？」

榎本の質問に、夏美が首を捻った。

「いいえ。あまりなかったと思います。ほとんどブラックでしたけど、たまに胃が痛いときなんかは、生クリームか牛乳を入れることはありました」

「コーヒーフレッシュは？」

「そうですねえ。うちには置いてないと思うんですが」

「うっすらとだが、真相が見えてきたようだな」

熊倉が、ねちっこい口調で言う。

「怜子は、自分でブラックコーヒーを淹れてから書斎に上がった。犯人は、後から毒入りのコーヒーフレッシュを持って怜子を訪ねた。ブラックコーヒーばかりでは胃を痛めるとか、お為ごかしを言ってな。そして、堂々とコーヒーに毒を混入して、怜子に勧めた……」

猜疑《さいぎ》心に光る熊倉の細い目が、全員の上を一巡する。純子は、ぞくりとした。

「だとすると、そこから何がわかるんですか？」

本島が、震える声で訊ねる。

「犯人は、怜子とごく親しい人間だよ。つまり、榎本さん、青砥さん、引地さんではない。山中さんもまず違うだろう。完璧なアリバイが証明された暁には、時実さんも除外できる。残るは、私と川井くん、本島さん、夏美さんの四人ということになる」

「自分を容疑者に入れてるってことは、自白と受け取ってよろしいですか？」

川井が、皮肉った。

「私には、動機がない」

「そんなもの、俺にもない！」

川井が、また激昂して叫んだ。

「私にも、ありませんよ」と、本島。

「わたしも、先生を殺すなんて……」

夏美も、口を挟む。きちんと反論しておかないと、犯人にされると怯《おび》えているようだ。

「しかし、あんたには明確な動機があるだろう？　あんたは幾度も怜子に借金を申し込んでいたという、時実さんの証言があった。しかも、あんたには多額の遺産が残される」

熊倉の目は、ぴたりと川井に据えられていた。

「そうか。いったんは諦めたふりをしながら、ずっと、俺にロック・オンしていたわけだ。あんたの執念深さには恐れ入ったよ」

川井は、低い声で反撃する。まだかなり芝居がかってはいるものの、今までとは違って、名優のような迫力があった。

「そして、そうまでして俺を陥れようとする態度で、あんたが犯人だと確信したよ」

「おいおい。いったい、何を言っとるのかね？　『僕のことを犯人だって言うおまえの方が犯人だい』？　幼稚園児の論理だな」

熊倉は、憎々しい顔で嘲笑《あざわら》った。森怜子が離婚した理由が、よくわかる気がする。

「いや、熊倉さん。私も、あんたが犯人である方に一票を投じたいね」

突然、ヒキジイが牙《きば》を剝く。川井の顔に喜色が走った。

「どういうことですか？　何の根拠で？」

思わぬ攻撃に、熊倉は、戸惑いの表情を見せた。

「やりすぎたんだよ。あんたは」

ヒキジイの声は、ヤスリのようだった。

「犯人が、他人に罪をなすりつけようとするあまり、自滅するパターンだな。私の代表的な中編である、『やりすぎた男』では……」

「あんたの、日本で誰一人読んでいない小説など、どうでもいい！」

熊倉は、手負いの獣のように唸《うな》った。

「私が犯人だという、根拠を示せと言ってるんだ！」

「では、そうしよう」

ヒキジイは、すまして言う。

「『アルカロイド系の猛毒だ。トリカブトに含まれている』」

「何を言ってる？」

熊倉は、戸惑った顔になった。

「『アコニチンは、水に対しては難溶性なんだよ』」

「だから、何を言ってるんだ？」

「『アコニチンには舌が痺れるような刺激があるが、それもクリームで和らげられる』」

熊倉は、絶句した。

『トリカブトには、アコニチンだけでなく、メサコニチン、ヒパコニチン、ジェサコニチンなど、猛毒のアルカロイドが何種類も含まれている』……。全部、あんたの言ったことだ。内科医というのは、そこまで毒物の知識が必要なのかね？　いくら何でも、あまりにも詳しすぎると思うんだがね」

ヒキジイは、自分の台詞の効果を確かめるように、言葉を切った。

「どうした？　今の引地先生の質問に、答えてみろ！」

川井が、ヒキジイの尻馬《しりうま》に乗って見苦しいまでに吠《ほ》え立てる。熊倉は、ハンカチを出して額を拭った。

「……怜子と結婚していたとき、私も、ミステリー小説を書こうとしたことがある」

「はあ？　そのとき、たまたま、アコニチンについて調べたとでも言いたいのか？」

「そうだ。というより、トリカブト事件の後、怜子に初めてアコニチンについて教えたのも私だ」

沈黙が訪れた。怪しい言い訳ではあるが、そう認められてしまうと、ヒキジイにも、それ以上熊倉を追及する材料はないようだ。

「それに、さっきも言ったように、私には、怜子を殺すいかなる動機もない」

熊倉は、さらに守りを固める。

「それは、どうかな」

川井は、まだ腹の虫が治まらないらしい。

「あんたは、叔母の前の夫だからな。いろいろ複雑な感情があっても、おかしくない」

「どういう複雑な感情があったら、殺そうなんて話になるのかね？」

熊倉は、攻撃を余裕で跳ね返した。再び川井を追い詰めにかかるのかと思ったら、矛先は一転する。

「ところで、引地さん。あんたには動機がありますよね？」

ヒキジイは、首を傾げる。

「はて。どういうことかな？　それに、さっき、あんたは、犯人は森女史と親しい人間だと言ったはずだ。私は該当しないはずだが？」

「あれは、撤回しますよ。犯行の様子を想像して、怜子と親しい人間だったのではと思っただけでね。アリバイがある時実さんのように、明確に除外したわけじゃない」

「なるほど。で、私にある動機とは何かね？」

「二十年くらい前だったかな。あんたの作品が、推理作家協会賞の短編部門にノミネートされたことがありましたね？」

「あったな。ただ一度の機会だったが、残念ながら、見る目のない選考委員のせいで受賞は叶わなんだ。『ぼんやりとした殺意』は、私の正真正銘の代表作『オリンポス殺人事件』の後日譚《たん》という形を取りながらも、まったく新しい意匠によって……」

「家に雑誌のコピーが送られてきたので、よく覚えているんですがね、怜子は、そのときの選考委員だったはずだ」

「はて。そうだったかな」

ヒキジイは、ぽかんとしていた。

「さすがに、怜子があんたの作品にどういう評価を下したかまでは、覚えていませんがね。しかし、怜子の好みとあんたの人間性を併せて考えた場合、おおよその想像は付きますよ。けちょんけちょんに酷評されたんじゃないんですか？　推理作家のプライドを粉々にされ、いつか殺してやろうと決意するくらい」

「覚えとらんなあ。皆目」

ヒキジイは、首を捻っていたが、その様子は演技とは思えなかった。

「……だが、その程度のことが動機になるというのなら、私は同業者の半数近く、書評家のほぼ全員を抹殺せねばならんことになる。あんたの複雑な感情とやらの方が、まだ説得力があるくらいだ」

ヒキジイは、急に、眼光鋭く熊倉を睨んだ。

「それに、だ。私は、このとおり、車椅子がなければ移動すらままならない身だ。いったいどうやれば、二階へ行くことができるというのだ？」

「エレベーターがある」

「馬鹿な。……音がするだろう？　違うかね？」

ヒキジイは、虚を衝《つ》かれたらしいが、助けを求めるように一同を見渡す。

「たしかに、あのエレベーターは、かなり大きな音がします。動いたら、誰かが気づいたでしょう」

時実が、助け船を出す。

「あの、わたし……」

山中綾香が、遠慮がちに発言する。

「部屋はエレベーターのすぐ隣ですから。もし動いたら、絶対わかります。音がしたのは、皆さんが二階へ行ったときだけです」

「ほれみろ。バーカ」

ヒキジイは、勝ち誇って言った。

「あんたは、かなり執念深い性格だな？　自分が攻撃されたと感じたら、やりかえさずにはいられない。そのあたりが動機につながるんじゃないかと見るが、どうかね？」

「まだ、あんたの潔白が証明されたわけじゃない」

熊倉も、引かない。

「あんたは、本当は歩けるんじゃないのか？　広間は暗かった。車椅子で部屋の隅に行き、そっと立ち上がって出ることも不可能ではなかったはずだ」

　ヒキジイは、怒るかと思いきや、噴き出した。

「はっはっは……！　噴飯ものだな。五流以下のミステリーだ！　今どき二時間ドラマでもやらん」

「歩けないと証明できるのか？」

「むろんだ。私は重度の脊柱管《せきちゅうかん》狭窄症《きょうさくしょう》だからな。あんたも医者の端くれならわかるだろう。レントゲン、ＭＲＩ、脊髄造影によって客観的な診断が可能なはずだ」

　熊倉は、悔しげに押し黙ったかと思うと、また口を開く。

「引地さん。私は、あんたには、根本的な疑問を抱いていたんだが」

「うむ。なぜ、これほどの作家に脚光が当たっていないのか、ということか？」

「違う！　なぜ、ここにいるのかということだよ」

　これには、思わず、全員がうなずきそうになった。

「あんたは、忘れられた作家だ。というより、覚えられたことがなかったんじゃないか？　よっぽど怜子か時実さんと親しいのかとも思ったが、どうも、そうでもなさそうだ。その上性格は最悪で、晩餐会に呼ぶには、これほど不向きな人間もいない。それなのに、どういう理由から、今晩ここに招かれているのかね？」

「そのことなら、実は、私も不思議に思っていたのだ。私よりも、むしろ招いた側に訊ねるべきだろう」
ヒキジイは、平然と切り返す。
「時実さん。なぜ、今晩、この人を招いたんですか?」
熊倉の問いに、時実は、肩をすくめた。
「わかりませんね。怜子さんのリクエストだったので」
議論は、どこまで行っても、袋小路に突き当たるか堂々巡りだった。
純子は、グランドファーザー・クロックを見やった。もう少しで、十時二十分にな
ろうとするところだった。パタパタ時計が動いて、10:19から10:20に変わる。
さっき時計を見てから十四分、犯人捜しが始まってから三十分が経過したことにな
る。
この地獄がいつまで続くのかと思っていたが、すでに折り返しである。焦りのよう
な感情が生まれてきた。
「本島さん。誰もが知っていることだが、あんたは、かつて怜子と不倫の噂があった」
熊倉は、今度は本島を標的に定めたようだ。さらに、殺伐とした罵《のの》り合いが延々と
続く。誰もが保身のためにスケープゴートを求めては、鵜《う》の目鷹《たか》の目で他人のあら探
しをしているようだ。
純子は、つくづくうんざりしていたが、さすがに、これは変じゃないかと思い始め

ていた。こんなことをしていても、真犯人が見つかるわけがないだろう。そう感じたのは、純子だけではなかったようだ。川井が、ついに時実に向かって叫ぶ。

「何だ、これ？　俺たちが互いに貶《おとし》め合い、陥れ合っているのを見て、楽しんでるのか？　これじゃ、まるで人狼《じんろう》ゲームじゃないか？　こんなことに、何の意味がある？」

舌を噛みそうな台詞をすらすらと言えたのは、さすが俳優である。

「意味はありますよ。人狼が誰か、わかりさえすればね」

時実は、一向に意に介せず、全員の様子を冷たく観察しているようだった。

7

潮目が変わり始めたのは、グランドファーザー・クロックの針が、十時三十五分を指した頃だった。

あと十五分で時実が区切った一時間が終了する。時実は、さしたる確証もなしに、本当に誰かを処刑するつもりなのだろうか。

「榎本さん。あなたは、外部からの侵入は考えられないとおっしゃってましたが、それは、窓と窓ガラスのセンサーが反応しなかったからという根拠ですよね？」

本島が、思い詰めた表情で訊ねる。

「そうです」

榎本は、あっさり認める。

「それに、書斎のパソコンとFMチューナーの電源が落ちていたことに、不審を感じられていた」

「そうですね」

「ちょっと考えたんですが、もしかすると、停電があったんじゃないでしょうか？」

「どういうことですか？」

「庭の分電盤のブレイカーを落とせば、セキュリティ設備は無効になるんですよね？」

ざわめきが起きた。

「その通りです。窓ガラスのセンサーは電池で駆動していますが、本体がダウンするため、アラームは鳴りません」

「では、何者かがブレイカーを落とし、窓を破って侵入したとは考えられませんか？」

榎本は、ややあって答える。

「ブレイカーを落として停電した瞬間、気がつくと思いますよ」

「しかし、広間の灯りを消した瞬間を狙ったら、どうですか？　灯りが消えたときだったら、ブレイカーを落とされたことに気がつかないんじゃないでしょうか？」

驚いたことに、いっせいに賛同の声が上がった。

「それは、気がつかなかった。たしかに、そうやったら、侵入可能だったかもしれん」

「ありえる！」

「やっぱり、犯人は、この中にはいないんじゃ……？」

榎本は、場が静まるのを待ってから引導を渡す。

「ありえませんね。それだと、広間の照明が消えたと同時にブレイカーを落としたとしても、陳列台のフットライトが点《つ》くまでの間、せいぜい一秒か二秒で元に戻したことになります。とうてい窓を破っている暇がありませんから」

本島の説を一蹴《いっしゅう》するというより、成立しないのが残念という表情だった。

「複数犯だったら、どうですか？　一人がブレイカーを落として、もう一人が窓を破る」

「それでも無理ですね。ガラス窓を破って侵入するには、最低でも二十秒はかかります」

落胆のざわめきが起きた。もはや、誰でもいいから罪をなすりつけてやろうという態度の人間はいないようだ。

「確認しておきたいんだがね、森女史は、コーヒーを何杯分淹れたのかね？」

ヒキジイが、訊ねる。

「森先生は、いつも三杯分お淹れになります。今晩もそうでした」

綾香が、答えた。

「で、そのうち何杯飲んだ？」

「三杯でしょう。ポットには、コーヒーは残っていませんでしたから」

時実が、現場の様子を思い出しているように、目を細めながら答えた。

「そうか。彼女が三杯とも飲んだとしたら、ポットに最初からアコニチンが混入されていた可能性はないな。すると、さっきの話の通り、犯人が、コーヒーフレッシュにアコニチンを入れて、森女史に勧めたということになるのだろう。しかし、これまでの激論を振り返ってみると、それができた人間はいなかったと、私は思う」

「私も、そう思います」

榎本が、すばやくヒキジイに同意する。

「誰一人書斎に近づけなかったとまでは言えませんが、森先生が保管していたアコニチンを使えた人だと限定すると、時実さん、佐々木さん、山中さんの三人に絞られます。しかし、時実さんにはアリバイがあるということでしたし、佐々木さんは、ずっと広間にいました。山中さんは、動機の点でありえないと思います」

「それでは、自殺だったということですか？　しかし、怜子さんの美意識に反すると言って、それを否定したのはあなたでしょう？」

時実が、苛立ったように言う。

「私は、今でも、自殺であった可能性はまずないと考えています」

榎本は、動じない。

「結論を言ってほしい。どういうことなんですか？」

熊倉が、いつになく殊勝な態度で訊ねた。

「不幸な事故だったのではないでしょうか？」

一瞬の沈黙。それから、全員が榎本に縋《すが》るような目になって、質問が殺到した。

「それ、本当ですか？」

「詳しく聞かせてくれ」

「いやいや、そんな可能性があるんなら、ぜひ！」

「わかりました。まず、いつもはブラックでコーヒーを飲んでいる森先生が、なぜ、最期の一杯にだけコーヒーフレッシュを入れたのかという疑問が湧いてきます」

榎本がそう言うと、口々に賛同のつぶやきが漏れる。

「なるほど」

「そう言われると、そうだな」

「たしかに、変です」

「ちょっと待って」

純子が、遮った。たとえ空気を読めないと言われようと、言うべきことは言わなければ。

「それは、犯人が勧めたからという話だったでしょう？　胃が痛かったのかもしれないし」

榎本は、純子の顔を見ようともせずに答える。

「その可能性は、たしかに残ります。ですが、本当に、それが真相だったのでしょうか？　何にでも本物を求める森先生と、まがいもののクリームでしかないコーヒーフレッシュは、どう考えてもしっくりこないんです」

「そうだ。森先生なら、たとえ勧められても、コーヒーフレッシュなど入れるはずがない」

「俺も、同感です」

「先生は、身体に悪い添加物は、大嫌いでしたから」

あっという間に、榎本翼賛会が誕生していた。

「だけど、それは、犯人が生クリームだと偽って、こっそりコーヒーフレッシュを入れたんじゃ……？」

今度の純子の質問は、完全に無視される。

「そもそも、どうして、この山荘にコーヒーフレッシュなどが存在したのか。それがとても不思議なんです」

「あ。あのときの……！」

時実が叫んだ。

「何か、思い出されましたか？」

榎本が促す。

「いや、夏頃に上京したときのことなんですが、編集者との打ち合わせで、喫茶店に入り、怜子さんはアイスコーヒーを頼んだんです。そのときガムシロップとコーヒーフレッシュが出てきたんですが、もちろん彼女はアイスコーヒーには何も入れませんでした。……ですが、コーヒーフレッシュを見たときに、何か悪戯《いたずら》を思いついた子供のような笑みを浮かべていたんですよ」

「なるほど。やはり、そうですか」

「もしかすると、あのときのコーヒーフレッシュを持ち帰ったのか……？」

「その可能性は、高いと思います」

二人だけで、どんどん話が進んでいく。

「どういうことなんですか？　我々にも、教えてください」

本島が、状況の好転を感じ取ったらしく、勢い込んで訊ねる。

「おそらく、森先生は、アコニチンをコーヒーフレッシュに溶かして毒殺するという小説を書かれていたんだと思います」

榎本が答えると、時実がうなずいた。まるで二人組の詐欺師のように息が合っている。

「なるほど。……それで、実験をしたわけか？」

ヒキジイが、叫んだ。

「そうか。アコニチンがコーヒーフレッシュにうまく溶けるか、さらに、それをコーヒーに入れたらどうなるか、実際にやってみたんですね」

本島がそう言うと、雪崩を打って賛同者が殺到する。

「いかにも、森先生らしいです」

「どうして、その可能性に気がつかなかったんだろう？」

「それが真相だとしたら……怜子は、ミステリーに殉じたのか。何ということだ」

何だ、これは。純子は、呆然としていた。対立から協調へ流れが変わったら、今や全員が無罰化を強く望んでいるため、議論はこっくりさんの十円玉のように事故説へと誘導されていく。

「待ってください！　実験をしたってところまではわかるけど、どうして、それを飲むんですか？　ありえないでしょう？」

純子の抗議は、全員の白い目で迎えられた。

「そこで、なぜパソコンが終了されていたかという問題が浮上します」

榎本は、意外なことを言い出した。

「それが、どう関係するんですか？」

「考えてみてください。仕事の途中で、いったんパソコンを終了させた場合、どんな理由が考えられるでしょうか？」

「え？　それは……」

純子が答えに詰まると、川井がぼそりとつぶやいた。

「……フリーズした？」

「それだ！」

「まちがいない！」

「川井くん。お手柄だ！」

「フリーズして、キーボードもマウスも利かなくなった。それで、電源ボタンを長押しして、強制終了させたんだ！」

「ちょっと待ってください。だったら、どうだって言うんですか？」

「決まってるでしょう？　叔母はパソコンのフリーズに動揺しましたが、電源を落として、気分を落ち着けようとしたんです。それで、ついうっかり、毒入りのコーヒーを一口飲んでしまったんですよ」

川井は、何を言ってるんだという目で純子を見る。

「うっかりって……」

「現実の出来事は、しばしば非常につまらない理由から起きるものだよ。私の作品の中でも白眉《はくび》と言われる、『松風荘《まつかぜ》の怪事件』のようにな」

ヒキジイが、例によって誰も知らない自作を持ち出したが、今回に限っては、どこからもブーイングは起きなかった。

「今となっては、何が起きたのかを正確に知る手立てはありません。しかし、怜子さんが、毒物をコーヒーに溶かす実験をしていたなら、事故だった可能性は否定できませんね」

時実が、締めくくってしまう。

嘘だろう。こんなの、インチキに決まってる。

純子は、啞然としていた。

さっきまで『人狼ゲーム』だったのに、今ではまるで『キサラギ』だ。

これでは、とても森怜子は浮かばれないではないか。

純子は、グランドファーザー・クロックを見た。あと三分弱で刻限の十時五十分になる。もはや犯人を見つけて処刑するという流れではなくなっているが、時実はどうするつもりだろうか。

隣にあるパタパタ時計が動いて、10・47を表示した。全員が、ちらりと時計に目をやり、事態好転への期待を込めて時実の方を見やった。

時実は、落ち着かない様子だった。時計を見て首を捻ると、ヒグマの痕跡《こんせき》を追うマタギのように銃をかつぎながらダイニングと広間の間を大股で往復し、暖炉に新しい薪をくべたりしている。

「時実さん。結論は出たと思うんです」

本島が、静かな口調で語りかける。

「森先生が亡くなったのは、不幸な事故でした。完璧に証明されたわけではありませんが、今のところ、その可能性が最も高いように思います。……どうでしょう。後は警察の捜査にゆだねませんか？」

時実は、広間からダイニングの方に戻ってきた。境目のあたりに立って、こちらを見る。さっきから、時実が動き回って銃口がこちらを向くたびに、暴発するのではと生きた心地がしなかったが、今は時実がテロリストのように銃を高く掲げているため、銃口が下がり壁で隠されており、少しほっとしていた。

「……ですが、やはり、どうしても納得できない。本当に、それが真相なのでしょうか」

時実は、苛立った顔で問いかける。

「あと二分で、ちょうど一時間になります。たしかに、今から二分以内に犯人を特定して、処刑するというのは、現実的ではないかもしれない」

ほっと弛緩《しかん》した空気が流れる。

「しかし、まだ怜子さんが殺害されたのではないと断定するには躊躇が残ります。みすみす犯人を取り逃したら、一生後悔することになりますからね」

時実は、森怜子の死が事故だったとは思いたくないような様子だった。たしかに、あれが真相だとすれば、粗忽《そこつ》にもほどがあるが。

「とはいえ、すでに議論は煮詰まってるんじゃないですか？　誰が犯人だったと仮定しても、納得のいく結論には至らなかったじゃないですか？　一方で、事故説にはかなりの説得力が感じられましたが」

賛同のざわめきが起きる。説得力があるように感じられたのは、ほとんどが願望のなせるわざだろうが。

「……わかりました。怜子さんのPCを起動してみましょう」

時実は、ようやく腹を決めたようだった。

「もし、事故説が当たっているのなら、書きかけの原稿の中にヒントが残っているはずです。しかし、もし見当外れだったら――怜子さんがアコニチンによる毒殺など考えていなかったとしたら、すべて最初からやり直しです。犯人を見つけるまで、審問を続けますよ」

誰からも異論は出なかった。むろん、文句を言ったところで時実の意思を覆せるわけではないのだが。

全員が、時実に追い立てられてダイニングからキッチンを抜け、ぞろぞろ階段を上がる。ヒキジイだけは、エレベーターを使った。時実は、一番後ろからその様子を確認している。あらためて聞くと、機械の動作音はかなり大きかった。全員が置き時計の値段当てに夢中になっているときでも、これなら気がつくだろう。

再び森怜子の書斎に入るには、勇気を奮い起こさなければならなかった。知らずに入って遺体を発見するのと、そこに遺体があると知っていて入るのとでは、まったく感覚が違う。他の全員も、緊張した面持ちだった。この中に犯人がいるとしたら、我々より大きな恐怖を感じているだろうか。そうあってほしいと、純子は願った。

書斎に入ると、深紅のカクテルドレスが目に入り、純子は森怜子の遺体から目を背けた。

こんな状態のまま、放置していることに罪悪感を覚える。それなのに、馬鹿げた事故死という結論ではあんまりだ。思わず、ごめんなさいと心の中で手を合わせた。

最後に入ってきた時実は、まず棚の時計を見た。

「……十時四十九分ですね」

純子も、三色のリングがぐるぐる回っている様子を眺めた。死の刻限《デッドライン》まで、ついに、あと一分となってしまった。

森怜子のことを考えると、おかしな結論でお茶を濁したくなかったが、冤罪で射殺される羽目になるのは、もっと嫌だった。

今だけ——何とかこの場を乗り切るために、事故説を裏付ける証拠が見つかってほしいと、神に祈る。

時実は、遺体を避けてパソコンの前に立つと、電源ボタンを押した。全員が、その様子を固唾を呑んで見守っている。

ウィンドウズは正常に起動した。パソコンがフリーズして、強制終了したのだとしたら、ふつう、通常起動とセーフモードが選べるメニューが出るのではないかと思うが、それほど機械に詳しくないので、確信は持てない。画面の右下の時刻表示は、十時五十一分だった。ついに、刻限を超えた。純子は、目を閉じる。

時実は、『Windows』キーと『R』を押し、『recent』と入力する。最近使ったファイルの一覧の中には、予想通り、森怜子の書きかけの原稿があった。

「『毒鳥』……」

思わせぶりなタイトルである。さっそく開いてみると、原稿はほぼ完成しているようだ。森怜子が最も得意としていた恋愛ミステリーの短編である。この中に、本当にアコニチンを使った毒殺が出てくるのだろうか。

しかし、いくら画面を追っていっても、いっこうにそれらしいシーンは出て来なかった。『毒鳥』とは、ズグロモリモズというニューギニアに実在する鳥のことらしいが、悪意すらなく周囲の人々を食いものにし破滅させていく、サイコパスの比喩《ひゆ》にすぎないようだった。

「残念ながら、やはり見当外れだったようですね」

時実が、暗い声でつぶやく。

「いや、そう決めつけるのは早計かもしれんぞ。『毒鳥』の前の『ミステリークロック』というファイルも、更新されたばかりだ」

ヒキジイが画面を指さし、時実が開く。

数人の口から、あっという声が漏れた。『ミステリークロック』は、原稿の形ではなく、アイデアと大まかなストーリーを箇条書きにしたファイルだったが、途中、〈永遠の少年はネバーランドを目指す。もう、汚れた世界にはいたくない〉という文章があった。さらに、その次の項目には、アコニチンをコーヒーフレッシュに溶かしてコーヒーに混入し毒殺するという、数行の記述があった。

「ビンゴだ！　じゃあ、叔母さんは、本当に……」

川井が絶句して、遺体の方を見やる。

「見ろ！　一番最後に『うまく溶けることを確認』という注記がある！　たぶん、実験して、ここを書き加えたんだろう」

熊倉が指摘した。

「そうだったのか。やっぱり、森先生は、不運な事故で」

本島も、声を詰まらせる。

そんな馬鹿な。純子は、呆然としていた。実験のため毒を入れたコーヒーをうっかり飲んでしまった。それが、この事件の真相だったというのか。

「更新日時は、『毒鳥』が９：36、『ミステリークロック』が９：34か……」

時実は、性分なのか、どこまでも時間にこだわる。

「そうか。これも、最初に見たときは、てっきり遺書だと思ったけど」

川井が、机の上に置かれたままのメモ用紙を指さす。

ミステリークロック。永遠の少年。ネバーランド。

もう、汚れた世界にはいたくない。

「うむ。森女史が突然思いついて、書き留めたアイデアだったということだな」

ヒキジイが、うなずいた。黙っていようと思ったが、純子の中で持ち前の反骨精神が頭をもたげた。やっぱり、どこかおかしい。

「待ってください。そのとき、森先生は、パソコンのファイルにアイデアを書き留めている最中だったんでしょう？　どうして、これだけ手書きにする必要があったんですか？」

純子の疑問は、誰一人、歯牙《しが》にもかけなかった。

「怜子が、『毒鳥』の方を書いている最中だったら、後で整理した形で記入するつもりで、とりあえずメモしておいてもおかしくないだろう」

熊倉が、面倒臭そうに言う。

「あるいは、ちょうどフリーズしてる間だったのかも」と川井。

「でも、このストーリーって、何だか変だと思うんですけど」

純子は、スクロールしながら訴える。

「途中までは普通の恋愛小説みたいな感じなのに、取って付けたように、永遠の少年とか、毒殺が出てくるじゃないですか？　誰を殺すのかさえ、よくわからないですし。いったい、どんな物語だったんでしょう？」

「そりゃ、わからんだろう。私など、自分のアイデアノートを見返しても、ほとんどすべて何のことか見当も付かん。本人ですらそうなんだから、他人が作家の心の中を推し量ることなど、とうてい不可能なのだ」

ヒキジイが、自慢げに言う。それって、ちょっと認知症が入っているのでは……。

時実は、無言で無表情だった。この男だけは、何を考えているのかまったく読めない。

「……現場は、これ以上いじらない方がいいでしょう。とりあえず一階へ下りましょうか」

時実は、依然として猟銃を手放そうとはしなかった。やむをえず、全員は再びぞろぞろと一階へ戻った。

「ダイニングではなく、広間に行きましょうか」

時実の言葉に、招待客たちは顔を見合わせた。ミステリークロックなど高価な置き時計が出ている広間に行くということは、もはや、発砲するつもりはないという意思表示だろう。ようやく最悪の危機は脱したのかもしれない。

広間の電波掛け時計は、十時五十五分を示している。すでに、刻限から五分が過ぎている。

「もう一つ、確認したいことがあるんです。あと少しだけ、お付き合いください」

時実は広間の灯りを消し、陳列台のフットライトを点けた。

「庭のブレイカーを落としてみます」

そう言い置いて、時実は掃き出し窓から庭へ出た。しばらくしてフットライトが消え、部屋は真っ暗になった。まだ燃えている暖炉の赤い光だけが、部屋の一隅を照らしている。どこからか、かすかなピーという電子音が聞こえてきた。純子は、あれっと思った。今晩、この音を聞くのは二回目のような気がする。二、三秒で、フットライトは復旧した。

今だったら、逃げられる。純子はそう思って周りを見渡したが、誰一人動こうとはしない。それも、当然かもしれない。せっかく事故説で固まりかけているのに、ここで妙な動きをしたら、犯人にされかねないのだから。

「どうでしたか？」

戻ってきた時実が、広間の灯りを点けて、全員に訊ねる。

「フットライトが消えました」

夏美が報告すると、時実は、銃を下ろしてうなずいた。

「やはり、ブレイカーが落とされたら、誰も気づかないはずはありませんね」

時実は、晩餐会が始まったときのような柔らかい口調に戻っていた。

「どうしても、共犯者がいたという可能性が捨てきれなかったものですから」

「どういう意味ですか？」

本島が訊ねる。

「フットライトが独立電源だったとしたら、広間の電気が消えた後、ブレイカーを落として警備システムを無効にし、侵入できたのではないかと。ですが、考えすぎだったようです。ブレイカーを落としても気づかれないのは、フットライトが点くまでの、ほんの一瞬だけということですね」

ほっと弛緩した空気が流れる。

「それでは、やはり、事故だったということですね？」

本島が、期待を込めた目で時実を見る。時実は、何やら考え込んでいるようだった。

「皆さんに、お話があります。どうぞ、ソファにおかけになってください」

いよいよ、犯人捜しの終了を告げるのだろう。車椅子のヒキジイ以外の全員が、ソファに腰掛ける。夏美と綾香も、遠慮がちに隅の方に座った。純子も、前と同じ位置に陣取った。こんな時に不謹慎だとは思うが、緊張の後だけに、アルコールが欲しくてたまらなかった。

時実の話が終わったら、そういう流れになるはずだと期待する。こんな目に遭わされたのだから、当然だろう。……今度はスコッチがいいな。たしか、ザ・フェイマスグラウスがあったはずだ。

「先ほどまでの皆さんの議論を聞きながら、僕はずっと、怜子さんのことを思い出していました」

時実は、しんみりとした口調で話し出す。

「怜子さんは、素晴らしい人でした。……こうやって過去形で話さなければならないのが、まだ信じられません。彼女は、繊細で優しく、ユーモアに溢れ、鋭い美意識の持ち主でした」

時実は、言葉を詰まらせた。夏美と綾香のすすり泣きが聞こえる。純子も、思わず目頭が熱くなるのを感じた。

「逆の言い方をするなら、彼女は、無神経でも、不作法でも、残酷でもありませんでした」

純子は、おやと思った。あきらかに語調に変化が感じられたのだ。

「何より故人の名誉のために、これだけは言わせてください。森怜子という人は、けっして、自分が実験をしていたのも忘れて、毒を呑んでしまうほど不注意ではなかったと！」

突然の時実の怒号は、全員を震え上がらせた。

「今夜、森怜子は、二度殺されました！　深く信頼していたはずの人物によって毒を盛られ、無残に命を奪われた上に、誰よりも彼女のことをよく知り、愛していたはずの人々によって、寄ってたかって愚か者扱いされ、嘲笑われたんです！」

時実は、銃を構えて吠えた。

「僕自身、そんな与太話を信じかけてしまったことを、怜子さんに謝らなければなりません。結論はこうです。毒殺犯であろうがなかろうが、我々全員が万死に値するのです！」

寂として声がなかった。誰も皆、事態の急変に動転し、腰を抜かすような恐怖に襲われていたのだ。

「……とはいえ、中にはまだ、まともな判断を示した方もいました。青砥先生。あなたは、怜子さんが、実験をしていて、その毒をうっかり呑んでしまうなんてことは、ありえないとおっしゃいましたね。その判断は、今も変わりませんか？」

純子は、何度もうなずいた。本当にそのとおりですと言いたいのだが、言葉にすることができない。

「ただ一人怜子さんの名誉を守ろうとしてくれたのが、知り合って間もない青砥先生だったというのは、皮肉なことでした」

時実は、下を向き、深い溜め息をついた。

「しかし、青砥先生以外を、全員射殺するわけにもいきません」

最悪、そこで手を打ってもいいのだが。いや、神様。もちろん嘘です。

「最大の理由は、それが怜子さんの流儀に反するからです。彼女は常々、作中で誰かを殺さなければならないにせよ、納得できるような深い理由と手続きが必要だと言っていました。たとえば無差別に一クラスの生徒を皆殺しにするような小説は、とても読むに堪えないと」

　時実は、顔を上げた。

「……僕が今すぐ大虐殺を始めないもう一つの理由は、この銃には全員を射殺できるだけの弾丸が装塡《そうてん》されていないからです。まあ、散弾なので、一発で二人くらいは斃《たお》せるかもしれませんがね」

　時実は、にやりと笑う。その顔を見て、ぞっと悪寒が走った。

　この男はけっして冗談を言っていないと、直感したのだ。

「そこで、皆さんには、もう一度ゲームをやってもらおうと思います。価格当てゲームより、はるかに貴重な賞品がかかったゲームです」

　時実は、質問を待っているように全員を見渡したが、誰も訊ねようとはしない。

「貴重な賞品とは何か、おわかりですね？　皆さんの命です」

「時実さん。その、私たちは、何も……」

　本島が何か言いかけたが、時実は無視する。

「ルールは、簡単です。これまでの議論を思い返して、一番犯人らしいと思う人物を決めてください。一、二の三で、その人物を指差してもらいます。最も多くの票を集めた人物は、……まことにお気の毒です」

　滅茶苦茶だ。純子は、息を呑んだ。時実は、本気で、その人を殺すつもりなのだろうか。

「同点だったら、どうするのかね？」

ヒキジイが、訊ねる。まさか、すでにやる気満々なのか。

「その場合は、トップタイの人たちで、同点決勝をやります」

「それでも、決着が付かない場合は？」

「最後の一票は、僕が入れましょう」

時実は、冷然と言い放つ。

「待ってくれ！　正気か？　そんなことしても、真犯人に辿りつけるわけがないだろう？」

熊倉が、あわてて叫んだ。この中では自分が一番嫌われているかもしれないという自覚があるらしい。

「論理で犯人を炙《あぶ》り出せないのなら、皆さんの直感に頼るしかありません。たくさんの人が怪しいと感じているのであれば、犯人である蓋然性《がいぜん》は高いでしょう？」

時実は、こともなげに答えた。

「あの……それって、わたしは除外されるんですよね？」

純子は、一縷《いちる》の望みを込めて訊ねる。

「いいえ」

時実は、にべもない。

「でもですね、わたしは、森先生が事故死したという説に与《くみ》しなかったじゃないですか？」

純子は、懸命に言い募るが、時実には聞こえないようだ。

「さっきは、わたし以外の人たちを皆殺しにするという話から始まったんだし」

純子は、全員の視線に気がついて、それ以上話すのを止めた。

時実は、ダイニングへ行って椅子を一脚持って来た。境目の下がり壁に掛かっている電波時計を見上げると、椅子を下がり壁の真下に置いて、どっかと腰を据える。

「今、午後十時五十八分ですね。今から一分間、考える時間を差し上げます」

時実は、腕を組んで、全員の顔を注視していた。

信じられない。とんでもないことになった。

純子の頭は、フル回転を始める。

あ。しまった。さっきの発言で、全員から睨まれてしまったかもしれない。こうなったら、誰が犯人らしいとかじゃなくて、誰か嫌いな人間を指名するという発想になるだろうから、自分だけ助かろうとしたわたしは、誰かから一票くらいは貰《もら》うかもしれない。

いや、そうじゃない。純子は、気がついた。そうなると、誰が嫌いかとかいうことですらなく、誰が票を集めそうかという読みによって投票行動が決まりそうだ。大勢が結託して、一人をスケープゴートにすれば、残りの人間は助かるのだから。

まずい。非常にまずい。

こんな場面で、悪目立ちしてはいけなかったのだ。

何も言わなければ、まさか、自分が一位になるなんて可能性はなかったはずなのに。それでも、最終的に、誰か同率一位がいれば、キャスティングボートは時実が握っているのだから、森怜子を悪く言わなかった自分は助けてくれそうな気はするが……。

「はい。そこまでです」

時実が、シンキング・タイムの終わりを告げる。

あ。純子は、茫然《ぼうぜん》とした。誰にするか、考えてなかった。

「では、いいですか？　一、二の三で、指差してください。一、二の……」

時実は、パーティーゲームのように、簡単にカウントを開始する。純子は目をつぶった。どうすればいいんだろう。

「三！」

時実の掛け声の後、異様な沈黙が場を支配していた。

純子は、ぎゅっと目を閉じたまま、宣告を待った。だが、誰も何も言わない。

時実が、溜め息をついた。

「全員、棄権ですか」

純子は、ぱっと目を開けて全員の様子を見た。誰一人、他人に指を差してはいなかった。それぞれの表情には、脅しに屈して誰かを陥れるつもりはないという決意が読み取れる。

純子は、誰にするか決まらなかっただけだが、すぐに彼らと同じ厳しい表情を作った。

「なるほど。たいへん立派な覚悟と連帯感です。だが、僕も、このまま引き下がるわけにはいきません」

時実は、うっすらと笑みを浮かべる。

「山中さん。申し訳ありませんが、キッチンへ行って、黒いゴミ袋を、あるだけ取ってきてくれませんか？」

急に話しかけられた綾香は、びっくりした表情で立ち上がる。

「く、黒い、ゴミ袋ですか？……わかりました」

早足で、ダイニングを通り抜けてキッチンへ行ったかと思うと、すぐに、新しいゴミ袋の包みを持って戻ってきた。

全員、45リットルサイズの黒いゴミ袋を一枚ずつ配られる。

「まず、全員の位置関係を再確認してください。犯人だと疑っている人がどこにいるのか」

時実は、性懲りもなく、全員の猜疑心を煽《あお》り立てようとする。

「それでは、皆さん、頭から袋をかぶってください」

みな、ぽかんとし、逡巡《しゅんじゅん》していた。

「時実さん。いくら何でも、こんなことは」

本島が、やんわりと抗議しようとする。

「では、僕のルールを宣言しましょう。袋を最後までかぶらなかった人は犯人と見なします。また、警告しておきますが、今回は全員で抵抗するのはナシですよ。そのときには、最初に袋をかぶった人が一抜けで、最後になった人を、即、処刑しますから」

まず、川井が指示に従った。次いで、熊倉、榎本、本島も動きを見せる。

純子も、ゴミ袋をかぶった。

気がついたのは、ビニールが思った以上に薄く、灯りが透けて見えることだった。それに、音はかなりはっきりと聞き取れる。

照明が落とされた。こうなると、もう、ほとんど何も見えない。

「面と向かって誰かを犯人と告発するのは、抵抗があるでしょう。さっきは、お互いに目で牽制《けんせい》し合ったのかもしれない。……しかし、相手に見えない状態なら、気にすることはありませんよ。どうか、皆さんの思うところを教えてください」

この男は悪魔だと、純子は思った。人間の心の一番弱い部分を衝く術《すべ》を心得ている。

「やるべきことは、さっきと同じです。一、二の三で、一番怪しいと思う人を指し示してください。その前に、今回は、考える時間を三分間差し上げます」

それっきり、時実は沈黙した。だが、その代わりに、天井のスピーカーから聞こえてきた音があった。

何だ、これは。純子は、愕然とした。ドラムロールだ……。

おそらく、価格当てゲームの結果発表のために用意されていたBGMに違いない。だが、こんなときに、こんな効果音を平気で充てられる時実の神経は、異常と言うしかない。

三分間は、あっという間にすぎた。ドラムの音が消え、再び沈黙が支配する。

「タイムアップです」

視界を奪われた暗闇の中で、時実の声が響く。

「それでは、最後のチャンスです。今回は、誰も指差さなかった人は、自分を指したものとしてカウントしますので。それでは、いいですか？　一、二の……」

純子は、ぐっと奥歯を嚙みしめる。

「三」

待っていたが、それっきりだった。時実は何も言わない。

部屋の中を歩いている音が聞こえる。それから、ごそごそと重いものを置く音も。ゴミ袋を通して、かすかに揺れる灯りが見えた。ぱちぱちと薪が爆《は》ぜる音がする。

「皆さん。もう、その袋を取っていただいて、けっこうです」

おそるおそるゴミ袋を脱ぐと、時実が暖炉の前に膝《ひざ》をついて、消えかけていた火を熾していた。

「どうなったんですか?」と、本島が訊ねる。

「感動的な結末です」

時実は、素っ気なく答えた。

「と言うと、今回もかね?」

ヒキジイが、とぼけた声で訊ねる。

「ええ。誰一人として、根拠もなく他人を告発する人はいませんでした」

時実は、耐火グローブを嵌めた手で、燃える薪と焚《た》き付けの上に新しい薪を並べていく。その声は、さっきまでとは別人のように穏やかだった。

「それで、これからどうするんですか?」

本島が、不安げに訊ねた。

「そうですね。……今が、十一時五分ですか。今のゲームに、七分かかりました」

時実は、下がり壁の電波時計を見上げて、言う。

「これだけ通報が遅れると、警察からは怒られるでしょうが、しかたがありませんね」

どよめきが起きる。今度こそ、解放されるのだろうか。

「では、これで、終わったということかね？」

熊倉は、半信半疑の表情だった。

「ええ。皆さんに、不快で恐ろしい思いをさせたことを、深くお詫《わ》びします」

時実は、立ち上がると、深々と頭を下げ、神妙な口調で言った。

「もちろん、多数決で犯人を決めるというのは嘘でした。本当は、誰か他の人を指差す人がいるかどうか、見たかったんです」

「誰かを指差した人こそが、疑わしいと？」

本島は、ようやくわかったという顔だった。

「そうです。自分が助かるためなら他人に罪を着せてもかまわないという人間は、犯人か、少なくとも、サイコパス的なメンタリティの持ち主です。しかし、ここには、そういう人は一人もいませんでした」

「もしいたら、撃つつもりだったんですか？」

川井が、半ば冗談のように訊ねる。

時実は、猟銃を二つ折りにして、薬室に弾丸が入っていないのを全員に見せた。

「ご覧の通りです。ガンロッカーに保管されていたときのままで、装弾はされていません。最初から、皆さんを撃つことは不可能だったんですよ」

つまり、広間で発砲することで、出しっ放しになっているミステリークロックを破壊してしまう可能性はなかったことになる。

純子は、疑問が氷解するのを感じた。時実が、どこまで招待客たちの生命を尊重するかはよくわからなかったが、少なくとも、ミステリークロックは絶対に危険にさらさないだろうと思ったからだ。

「……勘弁してくださいよー。マジで、射殺されるかと思いましたよ」

川井のおどけた態度の裏には、助かったという心からの安堵《あんど》が感じられる。

「半ば以上、納得していました。しかし、最後のところで、あれが本当に事故だったのか、どうしても確信が持てなかったので、激昂した芝居をしたんです」

時実は、深い溜め息をつく。

「もし、怜子さんが殺されたのなら、どうしても、私の手で犯人を捕まえたかったんです。もちろん、これは私の勝手な言い訳にすぎません。皆さんが私を訴えるとおっしゃるのなら、潔く罪を認め、償いますよ」

時実は、また深々と頭を下げる。

「いや、何というか、怜子に対するあなたの想いは、理解できますよ」

熊倉が、いつになく物わかりのいい口調で言った。

「私たちも、まったく同じ気持ちですから」と、本島。

「まあ、非常にスリリングな体験ではあったが、それでも、久しぶりに楽しい晩だったな。個人的には、訴える気など毛頭ない」

ヒキジイの台詞も、どうやら本音らしい。

「ありがとうございます。それでは、警察を呼びます。……ああ、でも、その前に」

時実は、衛星携帯電話を手に庭に向かいかけてから、陳列台の方へと戻る。

「皆さんに、お預かりした時計をお返ししましょう」

陳列台の引き出しを開けて、全員の腕時計と指輪の載ったトレイを取り出した。

「止まったりしていませんか？　万一時計が壊れていた場合は、弁償いたします。ただし、今この場でおっしゃってくださいね」

純子は、腕時計を嵌めながら、時実の言葉で時刻を確認する。

午後十一時六分。壁の電波時計と比べて、一分の狂いもなかった。

ふと、榎本の方を見やって、どきりとした。ずっと黙っているので気になっていたのだが、俯いてG-SHOCKを手首に付けている表情は、他の人たちとは好対照に、ひどく険しいものだったのだ。

8

「……ええと、カメラを回したときに照明機材が映り込まないように、ちょっとだけ位置を変えます。今しばらく、お待ちください」

ディレクターの太田《おおた》が、まだ撮影を始めない旨を告げると、ソファに座っている全員が、ほっと息を吐く。

「ちょっと、汗を拭きますね」

メイクの女性が、純子の顔に軽くパフを当ててくれる。女優としても充分通用する美貌を自任する純子だったが、強い照明を当てられると鼻の頭に汗を掻く体質は、役者には向かないところかもしれない。

誰もが、ひどく硬くなっているように見えた。あの晩以上の緊張はありえないはずだが、慣れない人間にとっては、映されるというのはそれだけのプレッシャーを伴うのだ。

「参りますね。まるで、初めて空き巣に入る泥棒みたいな気分です」

ドーランを分厚く塗っているせいで旅芸人のように見える榎本が、小さな声でつぶやいた。あんたの場合、それは比喩じゃなくて完全な実体験だろう。

「皆さん、リラックスしてください」

さすがに本職だけあって、川井だけは悠然と笑みを浮かべている。

「役者じゃないんですから、演じようなんて思わないことです。あの晩と同じようにやればいいんですよ」

「しかし、それで私の好感度が下がってしまったら、どうしてくれるのだ」

ヒキジイが、文句を言う。あんたが、今さら、いったい何を失うというのか。

「それにしても、台本がほとんど白紙というのは、かえってやりにくいですね」

茶色いモヘアのスーツで、ワイドショーのコメンテイター風に決めている時実が、台本をぱらぱらとめくる。

「議論に一区切り付ける時間さえ、『よきところで』とか書いてあるだけだし」

「決められた台本より、皆さんの自由な論戦を聞きたいんですよ」

太田が、説明する。

「前回のやり取りを再現したものを読ませていただきましたが、リアルミステリーとして、めちゃくちゃ興味深かったです。そこで、その後の展開を加味して、さらに議論を深めていきたいんですよ」

「放映に関してはテレビ局と交渉中なんですが、やはり内容次第ということで、未定です。ただ、飛島書店としてDVD化は内定しています。これは、社長直々の企画ですから」

本島が、演者というよりプロデューサーの顔で言い添える。

「前回と同じようにと言われたんですが、前回は参加していない私は、どうすればいいんですか？」

岩手県警の八重樫《やえがし》巡査部長が、早くもハンカチを出して額を拭いながら言った。

「基本的にオブザーバーですから、聞き手に徹してください。捜査の結果などを、参加者の誰かが八重樫さんに質問したときにだけ、答えていただければけっこうですから」

「しかし、捜査上の事項を、何もかも、ぺらぺらと喋《しゃべ》るわけにはいきませんよ」

「いやいや、だいじょうぶです。とりあえずお話しいただければ、まずいところは、後からカットできますから」

太田は、調子よく丸め込んでしまう。本当に捜査上の秘密を漏らしてしまい、それが放映されたら、公務員としての八重樫巡査部長の立場は危ういものになりそうだが。

それにしても、事件から二週間が経過して年も押し詰まったこの時期に、関係者全員が、この山荘で再び一堂に会することになるとは、思ってもみなかった。

あの晩、時実が衛星携帯電話で事件を通報してから警察が到着するまでに、三十分以上を要したが、その後がまた長かった。事情聴取は執拗《しつよう》で、なぜこんなに通報が遅れたのかと、全員が厳しく詰問されたのだ。

どうやら、人里離れた山荘にミステリー作家たちが集まっていたという怪しいシチュエーションに、警察が過剰反応したらしい。全員が、何度も行動を再現させられており、榎本が、ミステリークロックを透かし見る動作を延々と繰り返していたのを覚えている。

ようやく終わったときには、純子は精も根も尽き果てており、離れの一室で、朝まで泥のように眠ったものだった。

その後の展開には、よくわからないところが多い。はっきりしているのは、榎本が何やら暗躍していたということだ。あの晩山荘にいたメンバーと、個別に幾度となく会ったほか、警察ともひそかに接触したらしい。

その結果、立ち上がったのがこの企画である。全員が一堂に会しての推理劇を飛島書店が書籍化するというのだ。さらにＤＶＤ化までされるということであれば、それなりの予算が組まれているのだろう。

はるばる岩手まで全員を呼び集めたにもかかわらず、ほとんどのメンバーは、出演依頼を快諾したらしい。出演料よりも、あの事件の謎を解きたいという気持ちが強かったようだ。時実は最後まで難色を示していたようだが、今や売れ行き絶好調という森怜子追悼フェアに引き続いて、時実玄輝フェアを開催するという条件で心が動いたらしい。さらには、事件を豪華キャストで映画化する話も匂わされて、とうとう承諾したのだという。

「はい、OKでーす。それでは、皆さん、本番スタンバイしてください」

太田が、嬉しそうに言う。

「オープニングは、榎本さんからお願いします。再現VTRを見た後ということで、最初に、例の決めゼリフから」

「ちょっと待ってください。先に、再現VTRを入れるんですか?」

本島が、戸惑ったように訊ねた。

「はい。役者さんに、前回の模様を再現してもらいます。撮影はこれからですが」

「前回の模様というと、どこから、どこまでの?」

「一応、晩餐会の開始から、警察が到着するまでということですね」

太田は、早く始めたいという顔で答える。

「しかし、それだと、構成がちょっと変な気がするんですが……。前回も、後半はほとんど事件に関する議論だったじゃないですか? その再現の後で、我々がまた同じような議論を繰り返すというのは、屋上屋を架す感じですよ」

本島は、編集者らしい突っ込みを入れる。

「いいえ。一見同じように話し合っているようでも、前回と今回では、その意味はまったく違います」

榎本が、静かに口を挟んだ。

「わからんな。どう、まったく違うのかね？」と、ヒキジイ。

「我々が、本当の意味で、事件について振り返るのは、今回が初めてなんですよ」

榎本は、声を低める。

「前回の話し合いと称するものは、実は、事件そのものの一部だった――まだ事件は進行中だったということです」

沈黙が訪れる。大半は、狐につままれたような表情だったが、時実の顔に目をやったとき、純子ははっとした。ウェリントン眼鏡の奥の目には、陰惨と表現したくなるような暗い色が窺《うかが》えるのだ。

「それでは、本番、お願いします！」

太田の合図で、カウントダウンもなく、いきなり始まってしまう。

榎本が、静かに口火を切った。

「VTRをご覧になった皆さん。ここまでで、事件の真相に到達するのに必要な、すべての情報と手がかりは開示されています」

続いて、お約束の口上を述べる。

「推理力に自信のある方は、ぜひとも、自分なりの仮説を用意してから、この後の解決編をご覧ください」

「解決編って……マジっすか？　解決したの？」

川井が、俳優なのに、本番中なのを忘れたようにつぶやく。

「ほんの二週間前、この山荘で起こった悲劇は、我々の心の中に大きな影を落としました。多くの読者に愛されていたミステリー作家、森怜子さんが、執筆中に命を落とされたのです。死因は、コーヒーに混入されていた毒物、アコニチンによる中毒でした」

榎本の語りが意外なくらいうまいことに、純子は驚いた。ナレーションの技術って、何か泥棒に役立つのだろうか。

「その晩、山荘内にいた私たち九人は、他殺を疑って、警察へ通報する前に誰が犯人なのか突き止めようとしました。しかし、結局は、犯人を特定することはできず、それどころか、妥協の産物として、事故であった可能性が大であるという結論で終了しました」

榎本は、大きく息を継いだ。

「しかし、その後判明したいくつかの事実により、森怜子さんは何者かに殺害されたことがあきらかになりました。本日、皆さんに、遠路はるばるこの場にお集まりいただいたのは、新たな事実に基づいた真剣な議論により、今度こそ犯人を白日の下にさらすためです」

　衝撃が走った。大半のメンバーは、基本的には前回の議論をなぞりつつも、新しい視点を見つけられればめっけもの程度に思っていたのだろう。のっけから、これほど挑発的な宣言を聞くことになるとは、予想もしていなかったに違いない。

「怜子さんが殺されたことが、あきらかになった？」

　最初に反応したのは、時実だった。

「どういうことですか、それは？　私は、何も聞いていないんですが？」

「この場で発表した方がドラマチックだと、太田さんから要請があったので」

　榎本は、しゃあしゃあと言う。

「あ。すみません。今の説明の部分はカットしてください」

　もちろん、本当の理由は、前もってそんなことを伝えたら、犯人が参加してくれないかもしれないからだ。

　だが、たとえ罠《わな》にかけられたと感じても、犯人が今さら席を立って帰ることはないだろう。そんなことをすれば、自分が疑われるだけだし、トリックには絶大な自信があって、真相は絶対に看破されないと高をくくっているはずだ。それに、新たに判明した事実とは何なのか、どうしても知りたくなっているに違いない。

「で？　具体的に、どんな事実が判明したのかね？」

熊倉が、身を乗り出した。目を大きく見開いているため、寝惚けたモグラから、覚《かく》醒《せい》したハムスターへと変身したように見える。

「最初に私が不思議に思ったのは、アキュフェーズのT－1100というFMチューナーについてでした。これほど高価なチューナーを使っているのは、かなりのFM好きでしょう。佐々木夏美さんにうかがったところ、最近でも執筆中はFMを流しっぱなしにしていたそうです。もし、森怜子さんの死が事故だったとしたら、チューナーの電源が落ちていた理由に説明が付きません」

「何だ、そんなことか。それのどこが、新事実なんですか？」

時実が、吐き捨てるように言う。

「怜子さんがラジオを切っていた理由なんか、今さらわかるわけがないでしょう。それに、もしPCがフリーズして動揺していたとしたら、集中しようと思って音を消したとしても、不思議はないじゃないですか？」

「その点ですが、あのパソコンがフリーズした痕跡はなかったそうです」

榎本は、八重樫巡査部長を見やった。

「……まあ、エラーログを調べても、何も出て来なかったということですが」

八重樫巡査部長は、しかたなく答える。

「かりに、フリーズがなかったとしても、怜子さんは、別の理由から心ここにあらずという状態になり、うっかり毒入りコーヒーを口にしてしまったのかもしれない。ラジオだって、たまたまそのときうるさく感じて、一時的に切ったのかもしれない。考えられる可能性は、無数にありますよ」

時実は、馬鹿馬鹿しいというように首を振った。

「それで、森怜子さんがどんな放送を聴いていたのかを調べました。よく聴いていたのは、みちのくFMですが、特に『イーハトーブより』という番組がお気に入りだったそうです。この番組は、ちょうど森怜子さんが亡くなった時間帯にオンエアされていました」

榎本は、時実の反論を無視して、話を進める。

「ここに、森怜子さんが残したメモのコピーがあります。ちなみに、筆跡鑑定の結果はどうだったんでしょうか？」

「森怜子さん、本人の筆跡ということです」と八重樫巡査部長。

「その点は、誰一人として、疑いは持っていなかったでしょう？」

時実は、少々苛立っているようだった。

「皆さん。もう一度、この文章を見てください」

ミステリークロック。永遠の少年。ネバーランド。

もう、汚れた世界にはいたくない。

　あらためて見ても、どういう意味なのか、さっぱりわからなかった。どことなく厭世的で、当初は遺書ではないかと疑ったくらいだが。

「その上で、この録音を聴いてほしいんです」

　榎本は、机の上のタブレットに触れた。つややかな女性の声が流れ出す。

「……で、急遽《きゅうきょ》上京することになって、東京ドームホテルに泊まったんですけど、ちょっと時間が空いたんで、東京ドームシティのリング型観覧車に乗ってみたんです。何しろもう、観覧車には目のないわたしですからね。ビッグ・オーという名前で親しまれている、中央に支柱がない珍しいタイプだったんですけど、そのとき、このデザインって何かに似てるなあと思ったんですよ。あっ、そうだ。ミステリークロックだって」

　そこからしばらく、彼女が昔展覧会で見たというミステリークロックの話題が続いた。

「この世のものではない時を刻む時計と申しましょうか。この番組で何度も取り上げてきた、『永遠の少年』が好みそうな時計と申しましょうか。もしピーター・パンがネバーランドで愛用していたら、ぴったりだと思いませんか？　現実世界から遊離している、俗世間からは隔絶した感じ？　もう、汚れた世界にはいたくないという気持ちですかね。そんな思いが、ミステリークロックという芸術品に結晶したような気が、いたしましたね。……それでは、マリリオンで、『ネバーランド』。お聴きください」

榎本は、音声を止めた。

「これは、『イーハトーブより』を毎回録音している地元のマニアの方にお借りしました。ちなみに、森怜子さんの作品の昔からの愛読者だそうです」

「ということは、叔母は今の放送を聴いていて、このメモを書いたわけですね？」

川井が、囁くように訊ねた。抑えた口調とは裏腹に、眼光は鋭くなっている。

「ここまで内容が一致していて、偶然だと考えるのは、さすがに無理があるでしょう」

「だとすると、どうなるんでしょうか？」と、本島。

「犯人は、森怜子さんを毒殺した後、このメモの存在に気づきました」

榎本は、淡々と続ける。

「犯人にも、これが何なのかはわからなかったはずですが、小説家が思いついたアイデアを書き留めるのは、よくあることでしょう。どうせ誰にもわからないなら、利用してやろうと考えつきました。自筆であることは証明できるはずですし、一見、遺書にも見えますから、自殺説を補強できるかもしれません。……しかし、招待客を待たせておいて自殺するのは、少々不自然でもあります。そこが計画の唯一の弱点だという、自覚があったんでしょうね。それで、事故に偽装しようと方針転換したんでしょう」

「犯人は、メモを見て、それをとっさに思いついたというのかね？」

熊倉が、疑わしそうに言う。

「常にストーリーを組み立てることを生業《なりわい》としている人たちなら、造作もないことでしょう。たとえば、ミステリー作家などですが」

「なるほど。その通りかもしれん」

ヒキジイが、口を挟んだ。

「私にも、むろん可能だったろう。……とはいえ、私は犯人ではないがな」

「さて、ここで問題になるのは、森怜子さんのパソコンにあった『ミステリークロック』というファイルです。タイトルがメモのキーワードと一致し、アコニチンによる毒殺を扱っています。事故説には絶好の補強材料でしょう。ところが、このメモの正体がわかった以上、ファイルの文章自体フェイクだと考えるしかありません」

「犯人が、書き込みを行ったということか……」

時実が、考え込むように額に手を当てる。

「だとすると、あの二つの文書のタイムスタンプは、重要な証拠になるかもしれない」

「どういうことですか？」と、本島。

「覚えていませんか？　更新は『毒鳥』が9：36、『ミステリークロック』が9：34でした。どちらも犯人が書いたのだとすれば、その時刻に書斎にいられた人物が犯人ということです」

「なるほど。では、時実さんは、真っ先に除外されるということですね？」

榎本の問いかけに、時実は、昂然と胸を張った。

「当然じゃないですか？　私は、飛鳥書店の清水社長と九時三十八分まで電話していました。衛星携帯電話を使っていたので、それまで屋内に入ることはできませんでした。その点は、確認済みですよね？」

「はい。衛星携帯電話会社と、清水社長の自宅の電話の通話記録は、確認が取れています。通話時間は、たしかに九時七分から九時三十八分までの三十一分でした。清水社長ご自身も、そう証言なさっています」

榎本は、慎重な言い回しながら、時実のアリバイを肯定した。

ここまでの話の流れ——アコニチンを入手できること、山荘内の物品を使ってトリックを仕掛けられること、動機のすべてにおいて、時実が怪しいことは誰の目にも明らかだ。

しかし、この男には、鉄壁のアリバイがある。

待てよと、純子は思った。別の見方をするなら、これは密室事件である。山荘の外にいた時実から見れば、森怜子が亡くなった書斎は密室になる。

つまり、どうやって侵入したかという謎が解ければいいのだ。

衛星携帯電話で通話を行いながら、どうやって二階の書斎にいる森怜子に毒を盛ることができたのか。

その後、森怜子の書いたメモを見たり、パソコンで文書を更新しなければならなかったが、まあ、そちらは、謎としては枝葉末節である。

いかにして、森怜子に毒を呑ませたか。とりあえず、そのことだけを考えよう。

純子は、目を閉じた。

頭の中に、衛星携帯電話を手にした時実の姿が浮かぶ。

建物の側面に回り込んだ時実の目に、灯りのついた二階の窓が映る。

どうすればいいのだろうか。長いハシゴがあれば、窓のすぐ外までは近づける。しかし、そんなものが残されていたら、警察がとうに見つけているはずだ。

ハシゴは、簡単には処分できない。

もし、それ自体が容易に消えてなくなるような物体があったら。そして、それを使って、窓のすぐ外へ近づけたら。まるで、ピーター・パンのように……。

その瞬間、ぞくぞくするような興奮が訪れた。

「わかった！」

純子は、思わず大声で叫んでいた。

「本当に、わかったんですか？」

「犯人は、どうやったんです？」

本島と川井が、ほぼ同時に質問を浴びせる。

「犯人は、やはり時実さん——あなたですね？」

純子が、確信を持ってそう言うと、時実の顔色はみるみる蒼白になった。

「いったい、何を言ってるんですか？　今も言ったように、私にはアリバイが」

「密室は、破れました」

純子は、静かに言い放つ。

「密室？」

「あの。……青砥先生」

榎本が、遠慮がちに口を挟む。

「今回は、今までとは違って、すべて映像記録として残ってしまいますが」

純子は、眩い照明と自分を真正面から撮っているカメラを見た。思いっきり寄っているが、きっと、さらにズームアップしているに違いない。

「そうですね」

鼻の頭に汗を掻いていないかだけが気になるが、見事解決できれば、それもご愛《あい》敬《きょう》である。

「今回、ヒントとなったのは、さっき聴いたFM放送でした」

純子の言葉に驚いて、どよめきが広がった。

「あの中の、いったい何が？」

榎本は、なぜか頭を抱えている。

「ピーター・パンよ。……もう、そうとしか考えられないでしょう？」

意味はわからなくても、聴衆の半数くらいは感銘を受けているようだった。

「考えられないという台詞には、二つの意味があるんだがね。論理的にそれ以外の考え方が成立しない場合もあるだろうが」

ヒキジイが、辛辣《しんらつ》な調子で言った。

「あるいは、ただ単に、思考能力の残念な限界を示しているだけかもしれません」

榎本が、溜め息をつきながら応じる。失礼な。

「いいですか？　犯人は、何も書斎に入る必要はなかったんです。ただ、二階の窓越しに、森怜子さんのコーヒーカップに毒を入れるだけでよかった。もし、パソコンの文書のことがネックだとしたら」

「とりあえず、それはいいです。それで、犯人は、どうやって二階の窓までよじ登ることができたんですか？」

「榎本さんのようにフリークライミングの技術がなくても、ピーター・パンのように浮かび上がればよかったんです」

「浮かび上がるというと、まさか……」

「その、まさかです。犯人は、あらかじめ、自分の体重を上回る浮力がある気球を、書斎の真下に繫留《けいりゅう》しておいたんです。おそらく、長い紐の端と中間の、二カ所を固定しておいたんでしょう。そして、自分の身体を紐に固定し、中間の結び目を解き、一気に二階まで浮かび上がりました」

「それが、ピーター・パンということですね。……ふう。それから、どうしました？」

「犯人は、隙を見て、窓越しに森怜子さんのコーヒーの中に毒物を混入しました。それから、紐を伝って地上に降り、紐の端の固定を解くと、気球は飛んでいったんです」

純子は、星空を思い浮かべながら、天井を仰いだ。

「奥羽《おうう》山脈を越え、遥《はる》かネバーランドへと……！」

「ネバー！」

榎本が、ミュージカルのように、両手を広げて叫ぶ。

「かいつまんで言います。いくら森怜子さんが仕事に熱中していても、気づかれないように窓越しに毒を入れるのは、とてつもなく難しいと思います。そもそも、窓が開いていたとは思えませんし、コーヒーフレッシュに溶かして入れた場合は、色も味も変わります。それを、気球の紐にぶら下がり、かつ衛星携帯電話で通話しながらやったというのは、いくら何でも無茶苦茶です。……太田さん。ここは、さすがに切ってください」

「いや、でも、おもしろかったですけどね」

太田は、使いたい意向のようだった。

「いやいや、なるほど、そういうことですか」

時実は、奇妙な笑みを浮かべていた。

「お二人は、息がぴったりですね。良い警官と悪い警官ならぬ、馬鹿な探偵と賢い探偵が、漫才を演じつつ、巧みにカマをかけて、容疑者を追い詰めていくわけだ」

馬鹿な探偵だと。純子は、むっとする。

「そんな意図は微塵《みじん》もありませんが、きっと信じてもらえないでしょうね」と榎本。

「しかし、私を犯人呼ばわりするなら、まずは、私のアリバイを崩してからにしていただきたい。私には、あの晩、犯行は絶対に不可能だった。その一方、もしかしたら可能だったんじゃないかと思われる人間なら、この中に何名かいますがね」

「アリバイなら、すでに崩れています」

榎本は、こともなげに言った。時実の表情が険悪になる。

「あなたには、犯行が可能だった。その一方で、別人が犯人だとした場合、説明のつかない矛盾が生じるんです」

「じゃあ、密室の謎は、解けたんですか？」

純子は、すでに打撃から立ち直っていた。榎本はうなずく。

「ええ。ただし、通常の密室ではありませんでした。このパズルを空間的に解こうとしても無理だったんです。強いて言えば時間差密室の一種で、犯人がねじ曲げたのは時間でした。我々がずっと正しいと思わされていた時間が、本当は間違っていた。そうとしか考えられないんです」

「今度こそ、論理的に、別の考え方が成立しないという意味だろうな」

ヒキジイが、にやにやしながら言う。

「それでは、説明してもらおうか。我々がずっと正しいと思わされていた時間とは、いったい何のことだね？」

9

「すみません。ちょっと、テープ交換します」

太田が、申し訳なさそうに言う。張り詰めていた空気が、一瞬で緩んだ。

今まさに謎解きを開始しようとしていた榎本は、がっかりしたような顔で口をつぐむ。

時実は、中断を利用して、メイクの女性に頼んで顔の汗を念入りに拭ってもらっていた。ヒキジイは、コップの水で喉《のど》を潤し、あーとか、うーとか唸っている。

「お待たせしました。それでは、再開、お願いします。引地先生。申し訳ありませんけど、最後に言われた台詞を、もう一度繰り返していただけませんか？」

「了解した」

ヒキジイは、四、五回、耳障りな咳払いを繰り返した。

「……今度こそだな、うんっ！　論理的にだな、別の考え方が……うんっ！　成立しないという意味なんだろうな？」

さっきとは打って変わった、硬い表情と堅苦しい口調で言う。

「それでは、説明してもらおうか。我々が、今の今までずっと正しいと思わされていた時間とは、いったい何だったのか。そして、いわば時間という展翅《てんし》板の上にピン留めされている蝶《ちょう》のような存在である我々人類が、いかなる方法により、その永続的な支配と桎梏《しっこく》から脱し、暗黒空間に自由に羽ばたく術を見出《みいだ》せたのか。はたまた……」

「すみません。できれば、さっきと同じでお願いします」

太田が、言いにくそうな顔で割って入る。

「うむ。少し詩的表現を交えた方が、ぐっと良くなるかと思ったのだが」

「いえ、同じか、むしろシンプルめで」

「心得た」

ヒキジイは、残念そうな顔になったが、さっきよりは自然な発声で言う。

「では、説明してもらおうか」

榎本は、まだ先があると思ったらしく、しばらく待っていたが、それっきり、ヒキジイは何も言わなかったので、あわてて口を開いた。

「……ええとですね、そもそも、皆さんは、おかしいとは思いませんでしたか？　我々は、あの晩、ことあるごとに時計に注目させられ、何度も時刻を確認しました。そのおかげで、時実さんのアリバイは鉄壁なものになったのです。私は、この時刻を確認するという行為が、誘導ではなかったかと考えました」

「それは、私が誘導したという意味ですか？」

時実が、汗を拭いたせいか、妙にすっきりした顔で訊ねる。

「はい」

榎本は、シンプルに答えた。

「晩餐会では、我々は、終始、グランドファーザー・クロックとパタパタ時計を目にさせられていました。広間に移ってからは、電波掛け時計。森怜子さんの遺体を発見した書斎では箱形の電気時計。再び広間で電波掛け時計。ダイニングに移されて、グランドファーザー・クロックとパタパタ時計。また書斎で電気時計。最後は、広間で電波掛け時計を確認して、我々自身の腕時計を見て締めくくる……」

榎本は、指折り数える。

「いわば、時計のリレーです。要所要所で、時計同士の時刻が一致しているのを見せられたために、我々は、この間に見た時刻のすべてが正確だったように錯覚してしまったんです。しかし、この中には、正しい時刻もあれば、偽りの時刻も含まれていました。そのすべては、時実さんのアリバイを作ることを目的にアレンジされていたんです」

「実を言うと、時間のトリックは私も考えてみた。しかし、あまりにも多くの時計によって時刻を確認していたため、どうにもならなかったのだ」

ヒキジイが、無念そうに言う。

「それに、時実氏が犯人だったとしても、これらの時計の大半には、手を触れるチャンスがなかったはずだ」

「おっしゃるとおりです」

榎本は、うなずいた。

「ここにいる皆さんでしたら、当然、『五つの時計』という本格ミステリーの古典について、ご存じだと思いますが」

「もちろんです」

　本島が、大きくうなずく。

「鮎川哲也《あゆかわてつや》の代表作の一つですから」

「うむ。私の代表作である『六つの時計』の、いわば先駆けとなった作品だ」

　ヒキジイは、さらりと不遜きわまりないコメントをする。

「『五つの時計』の犯人は、置き時計やラジオ、蕎麦《そ》屋《ば》の時計など五つの時計を使うことで、アリバイを捏造《ねつぞう》します。これは偶然ですが、今回の事件で犯人がトリックに使用したのも、五つの時計でした。……しかし、その前に、四つのカテゴリーに分類できる十種類の時計について考えてみましょう」

　純子は、聞いているだけで、頭がくらくらしてきた。

「四つのカテゴリー？　十種類の時計？　そんなにたくさん、時計がありましたっけ？」

「はい。まず、第一のカテゴリーには、我々招待客がはめていた腕時計、同じく携帯電話、森先生のFMチューナー、時実さんの衛星携帯電話の通話記録、清水社長の固定電話の通話記録が入ります」

　榎本は、淡々と列挙する。

「次に、第二のカテゴリー。これは、森先生のパソコンのリアルタイムクロック《RTC》です」

「リアルタイム……？　それ、何なんですか？」

純子には、ちんぷんかんぷんだった。

「後で説明します。第三のカテゴリーも一つだけ。ここ、広間の電波時計です」

榎本は、ダイニングとの境の下がり壁に掛けられている電波掛け時計を指さした。

「最後に第四のカテゴリーに含まれるのは、森先生の書斎の箱形の電気時計、ダイニングのグランドファーザー・クロックとパタパタ時計です」

全員、水を打ったようにしんとして、聞き入っていた。

「第一のカテゴリーから考えていきましょう。まず、我々の腕時計の時刻を細工することは、とうてい不可能でした」

「ちょっと待って！　わたしたち、腕時計を取り上げられてたじゃないですか？　その間に、時刻を進めたり遅らせたりできたんじゃない？」

純子は、早口で疑問をぶつける。

「たしかに、引き出しにしまったように見せて、こっそり取り出して細工するというのは、奇術の常套《じょうとう》手段ですね。ですが、腕時計は、返却されるまで我々の目に触れる機会はなかったので、その間に細工をしても意味がありません。かりに、すべての腕時計が電波時計だったなら、トリックが使えたかもしれませんが、そうではありませんでした」

「いったいなぜ、腕時計が電波などを受信する必要があるのだ？　そんな面妖《めんよう》なものを身に付けるのは、スパイか泥棒だけで充分だ！」

ヒキジイが、吐き捨てる。

「ごもっともです。……実際には、電波腕時計は、私のG-SHOCKだけでした」

榎本は、一同の顔を見渡しながら滔々《とうとう》と述べる。

「あとは、クォーツが三種類、熊倉先生のグランドセイコー、青砥先生のタグ・ホイヤー・アクアレーサー、引地先生のオメガ・ポラリスですね。機械式が、本島さんのロレックス・オイスターパーペチュアルと、川井さんのパネライ・ルミノール1950の二つでした」

榎本が全員の腕時計を正確に覚えていることに、全員が、ある種の疑惑を感じていた。

「ちなみに、佐々木夏美さんと山中綾香さんは、あの晩、時計をしていませんでしたね？　なぜだったんでしょうか？」

夏美が、首を捻った。

「なぜなのかは、ちょっと正確に思い出せないんですけど。コレクションに傷を付けるかもしれないって森先生から言われたような気もしますし、時実さんにそう指示されたからかもしれません」

「わたしは、もともと、腕時計はしません。水仕事の邪魔ですし」

綾香は、控えめに答える。

「なるほど。犯人は、お二人が腕時計をしていないことをよく知っていたんだと思います。そうなると、腕時計をしているのは招待客だけですから、一時的に回収する口実を考えればいいわけです」

「やっぱり、そうだったのか！」

川井が、吐き捨てるように言った。

「叔母の貴重な置き時計のコレクションを触らせて、値段を当てさせるなんて、おかしいと思ったんだ！」

「すべては、犯人の思惑通りでした。ミステリークロックなどの高価な時計に傷を付けないためという名目で、犯人は、まんまと我々の腕時計を回収することに成功したんです」

「すでに、僕だと名指しされていますからね。今さら、犯人なんて、持って回った言い方はやめませんか？」

時実が、まるで台本にあるかのように適切なタイミングで口を挟む。

「わかりました。では、以降は、時実さんと言いましょう」

榎本は、事務的に応じる。

「当初から、榎本さんは、僕を疑っていたようですからね」

時実は、冤罪の被害者然とした寂しそうな笑みを浮かべる。

「まあ、誤解のされやすいキャラクターだということは認めますよ。小説や映画に出てくる知能犯のステレオタイプに一番近いのは、僕でしょうし」

「別に、キャラで疑ったわけではありません」

あきらかに同タイプの榎本が言う。

「山荘内の物品に細工ができたのも、あの晩、猟銃まで使ってすべてを仕切っていたのも、時実さんですからね。他の人に、複雑なトリックを仕掛けるのは無理ですよ」

たしかにそうだと、純子は思った。密室事件の犯人にはよくあることだったが、何もかもコントロールできる立場に自分を置いてしまうと、気がついたら、他には犯人があり得ないような状況に陥ってしまうのだ。

「……第一のカテゴリーの時計は、どれも改竄《かいざん》や偽装が不可能でした」

榎本は、説明を続ける。

「二つ目の携帯電話も、犯人——時実さんにとっては、きわめて厄介な存在だったんです。圏外で通話ができないから携帯やスマホを見ないとは限りません。何かのアプリを使ったり、写真を撮ろうとするかもしれないからです。そのとき時刻に目が行けば、時実さんの精緻な殺人計画は水泡に帰してしまいます。そのため、携帯電話およびスマホ封じの切り札として魔界より招喚されたのが、引地先生でした」

全員の注目を浴びてヒキジイは威儀を正し、斜め45度の角度をカメラに向ける。

「そもそも、どうして引地さんを招いたのかが大きな疑問でした。ミステリー作家としてはたいした実績があるわけでもないようですし、森さんや時実さんと親しかったわけでもない。しかも、もはや単なる毒舌家や皮肉屋というレベルではなく、空気を読んだ上で、わざわざ最悪の発言をする言葉のテロリスト——史上最悪のパーティープーパーと呼ぶにふさわしい人物なのですから」

本人を目の前にして、何もそこまで言わなくても。純子は、はらはらしたが、ヒキジイは、なぜか激昂することもなく、はたと膝を打つ。

「なるほど！　そういうことだったのか。前にも言ったが、私自身、どうして招かれたのか、ずっと不思議に思っていたのだが、これで、ようやく疑問は氷解した」

「引地先生の携帯・スマホ嫌いは、出版界で恐れられているそうですね。パーティーでは、必ず電源を切るよう強要し、応じない相手の携帯をへし折ったりスマホをフルーツポンチのボウルに放り込んだりと、数々の武勇伝が残っています。引地先生がいれば、誰一人携帯やスマホを取り出したりはしないでしょう」

「第一のカテゴリーの、残り三つはどうなのかね？　FMチューナーと、時実氏の衛星携帯電話、清水社長の固定電話の通話記録だったかな？」

　熊倉が、質問した。

「ＦＭチューナー自体には時刻表示はありませんが、放送中、時報や時刻に言及することはよくありますから、聞かれると不都合だったんです」

　それが、犯人がラジオを切っていた理由だったのか。ん、待てよ。

「わたしたちが書斎に行ったときでしょう？　あのとき正しい時刻を知られるとまずかったということは、すでに時刻は狂わされていたんですか？」

「その通りです。……ですが、そのことは、後ほどご説明します」

　榎本は、軽くかわす。

「それから、二つの電話の通話記録ですが、両方の電話会社のコンピューターをハッキングでもしない限り、改竄することはできません。まず不可能と言っていいでしょう。つまり、**九時七分**から**九時三十八分**までの三十一分、お二人が通話していたことは、疑いようのない事実です」

　榎本は、冷徹な視線で答える。

「したがって、時実さんがトリックを弄《ろう》したのは、第二から第四のカテゴリーに含まれる、森先生のパソコンのＲＴＣ《リアルタイムクロック》と、広間の電波掛け時計、書斎の電気時計と、ダイニングのグランドファーザー・クロック、パタパタ時計の、計五つということになります。しかし、その五つを自在に操作することで、時実さんは所期の目的を達することができました」

「自在に操作って、いったいどうやって？」

純子には、見当すら付かなかった。

「まずは、パソコンのＲＴＣ《リアルタイムクロック》について説明しましょう」

榎本は、どこからか、パソコンの基板のようなものを取り出した。

「これは、やや旧式のマザーボードなんですが、森先生のパソコンの中に入っていたものも、原理は同じです。ここを見てください。ボタン電池の付いたチップが見えると思いますが、これがＲＴＣ《リアルタイムクロック》です」

「それが、パソコンの時刻を管理しているわけね？」

純子は、マザーボードをしげしげと眺めた。ボタン電池が付いているのなら、パソコンの電源が落ちている間も、時を刻み続けるのだろう。

「パソコンのＯＳは、このチップの時刻を起動時に取得して、動作します。森先生が文書を更新した時刻も、このチップが基準です」

「ははあ。つまり、あらかじめＲＴＣ《リアルタイムクロック》を進めたり遅らせたりしておけばいいわけだ」

川井が、うなずいた。

「そうすれば、文書を更新した時刻を偽装でき、犯行時刻も誤認させられる」

「そうなんですが、単純にOS上でRTC《リアルタイムクロック》の時刻を変更したのではないと思います」

榎本は、首を振る。

「かりに、森先生のパソコンのRTC《リアルタイムクロック》に手を加え、文書が更新された時刻を改竄したとしてみましょう。犯人——時実さんは、その後、もう一回正しい時刻にRTC《リアルタイムクロック》を合わせておかなくてはなりません。警察が検証するときには、パソコンの内部時計は正確な時刻を表示していなければならないからです」

「犯行後、直したんじゃないですか？　犯人は、書斎にいたんだから」

川井は、長い脚を組み、眉間《みけん》に人差し指を当てて、名探偵然としたポーズを取る。

「犯行の直後には、パソコンの操作に費やせる時間はあまりなかったはずですし、ソフトを使ってRTC《リアルタイムクロック》を操作した場合には、イベントログに残ってしまうでしょう」

「ログは、消去できるでしょう？」

「だとしても、復元できない保証はありません。この犯人——時実さんは、そんなリスクは犯さないでしょう。かりに完璧に痕跡を消し去れても、さらに時間が必要になりますし」

榎本は、黙って議論を聞いている八重樫巡査部長に向かって訊ねる。

「警察は、森先生のパソコンのハードディスクを詳細に分析したんですよね？」

八重樫巡査部長は、咳払いをした。

「イベントログその他からは、時間を操作した痕跡は発見できませんでした」

「ちょっと待ってくれ。だったら、この男は、どうやってパソコンの内部時計を狂わせたというんだ？」

熊倉が、時実を横目で見ながら訊ねた。

「非常に簡単かつ何の痕跡も残さない方法があったんです。パソコンそのものを入れ替えたんですよ」

榎本は、時実の方に向き直った。

「森怜子さんの仕事用のパソコンは、時実さんが用意されたんですよね？」

「そうですが」

「森先生だったら、おしゃれなノートを選ばれそうな気がしますが、なぜデスクトップだったんですか？」

「人間工学《エルゴノミクス》に基づいたナチュラルキーボードの方が、長時間の執筆には向いてますからね。僕が怜子さんに奨《すす》めたんですよ」

「なるほど。購入する際は、時実さんがお使いになるパソコンと、二台同時に注文された。それも、まったく同じハードウェア構成だったそうですね」

「その方が安くなったんですよ」

「どちらも、ハードディスクは、前面から容易に抜き差しできる構造でした」

「だから、何だと言うんですか？」

時実は、猛獣のような目で榎本を睨む。

「あなたは、あらかじめ森先生のハードディスクを取り出し、ＲＴＣ《リアルタイムクロック》を十二分だけ遅らせてある自分のパソコンに付け替えて、森先生の書斎に置いておいたんです」

「十二分って？」

純子は、思わず訊ねた。

「その時間には、一応の根拠がありますが、後で説明します」

勿体《もったい》を付けているわけではないだろうが、榎本ははぐらかす。

「森先生は、あの晩、そのパソコンを使って、小説を執筆していました。ひょっとすると、時刻が十二分遅れていることに気づいたかもしれませんが、特に仕事に支障がないようなら、後で時実さんに修正してもらえばいいと思ったでしょう。……そして、毒入りのコーヒーを飲まされ、殺害されました」

聞き手の多くは、沈鬱な表情になる。時実だけが、何の変化も見せなかった。

「時実さんは、直後に森先生のメモを発見して、事故に偽装できると思いついたんでしょう。それで、アイデア・ファイルの中にあった『ミステリークロック』という文書に加筆を行ったんです。森先生の文体を真似るのも、同じミステリー作家であり森先生のアシスタントもしてきた時実さんなら造作もなかったはずです。それから、パソコンを終了すると、ハードディスクを抜き取り、RTC《リアルタイムクロック》が正しい時刻を示している森先生のパソコンに挿し直して、書斎に残しておきました」

「ちょっと待った！」

ヒキジイが、大声で遮る。

「時実氏が、パソコンの内部時計を巻き戻したのは、いつのことだね？」

「正確にはわかりませんが、晩餐会の前です」

「なるほど。殺人計画のためには、そうする必要があったのかもしれん。だが、パソコンの内部時計を十二分も巻き戻しておいたら、別の矛盾が生じるのではないかな？」

「別の矛盾って何？」

純子は、すぐに訊ねる。

「森女史が、広間を出たのは、たしか八時四十一分頃だった。それから書斎に行き、すぐにパソコンを起動したとしよう。その時刻は、当然、記録に残るはずだ。十二分遅らせてあるために、たとえば八時三十一分とかになっていたら、すぐインチキがバレるではないか」

ヒキジイは、ドヤ顔だった。純子は、感心する。だてに永年ミステリー作家をやっているわけではないらしい。

「おっしゃるとおりです」

榎本は、うなずいた。

「矛盾を回避するためには、緩衝帯となる時間の余裕が必要です。森先生がパソコンを起動するまでに、やはり十二分程度は時間をあけてもらう必要がありました」

「どうしたら、そんなことができるんですか？」

本島が、不思議そうに訊ねる。たしかに、パソコンの電源ケーブルを隠してでもおかないかぎり、十二分も仕事をさせないのは難しいだろう。

「まず、森先生は、広間を出て書斎に行く前に、キッチンに寄って自分でコーヒーを淹れています。これには、三分程度かかるでしょう」

「だとすると、我々は、その分は差し引いて考えないといかんな」と熊倉。

「つまり、残りは九分ではなく、依然として十二分ということになりますね」

時実が、熊倉の発言に便乗して、第三者のような顔で口を挟む。

「問題ありません。時実さんは、そのために、別のトリックを用意していましたから」

榎本は、動じない。

「トリック？　いったい何のことですか？」

時実が、この男は何を言ってるんだというような薄笑いを浮かべて訊ねる。

「皆さんは、森先生の書斎にあった箱形の時計のことを覚えておられますか？」

榎本は、全員に向かって問いかける。

純子も、はっきりと覚えていた。青い破線の縁取りがある銀色の文字盤の下で、空色、緑、赤の三色の輪が内接して回転する独特のデザインで、どういう仕組みなのかと思ったものだ。

「覚えてますよ。昭和レトロなデザインの」

本島がうなずく。ややあって、時実も、むっつりと答えた。

「あれは、70年代にナショナルが発売したリングレットという時計です。デザインが美しいので、僕のコレクションの中では、唯一、怜子さんのお気に召したものでした」

「では、時実さんがプレゼントされたわけですか？」

榎本の質問に、今度は顎だけをうなずかせる。

「いつ、プレゼントされたんでしょう？」

「さあ。覚えていませんね。何か関係があるんですか？」

時実は、不機嫌に唸る。

「覚えていないはずはないと思いますがね。まさに、あの晩だったんじゃありませんか？　森先生が書斎に上がると、机の上にプレゼントとして置いてあったんでは？」

「あれをプレゼントしたのは、もっと前のことです」

時実は、無表情に否定する。

「佐々木さん。以前に、リングレットが森先生の書斎にあるのを見たことがありますか？　あるいは、プレゼントされたと森先生が話していたことは？」

榎本は、夏美に訊ねる。

「いいえ」

夏美は、言葉少なに答え、ちらりと時実を見やった。

「もし、もっと以前にプレゼントされたものなら、そのことを佐々木さんがご存じないのはおかしいでしょう。包み紙や時実さんのメッセージなどは処分されてしまったでしょうから、証明は難しいですが」

川井が、咳払いをすると、コップを持ち上げて水を飲み、音を立ててテーブルに置いた。それから、鷹のような視線を時実に向ける。

「森先生は、書斎に上がると、プレゼントを見て感激し、丁寧に包みを開けたのでしょう。それから、添えられていた時実さんのメッセージをじっくり読んだはずです。きっと美しい言葉が書き連ねてあったんでしょうね。次に、リングレットを置く場所について思案します。棚を片付けてからそこに設置し、コンセントにプラグを差し込みました。しばらくの間は、三色の輪がくるくると動いている様子を眺めていたかもしれません」

想像しただけで、胸が痛んだ。

「一連の行動には、少なくとも十五分はかかったはずです。お客さんを待たせてなければ、三十分以上かけてもおかしくなかったでしょう。これにより、起動の時刻が早すぎるという矛盾は回避されたわけです」

沈黙が訪れた。何とも言えない不快感が込み上げてくる。

「馬鹿馬鹿しい。もはや憶測というより、ただの空想――妄想じゃないですか？　それに、そのトリックは不確実すぎますよ。プレゼントが置いてあっても、すぐにPCの電源だけは入れたかもしれないでしょう？」

時実は、救いがたいというように両手を広げて、榎本ではなく場を見渡した。

「時実さんなら、そうしたでしょう。私もそうです。そうすれば、起動を待つ無駄な時間を節約できますからね。しかし、森先生は、そうはしませんでした。彼女の性格や行動を熟知しているあなたなら、森先生が、大切な人からのプレゼントを開けている間は、気を散らすパソコンを起動したりはしないとわかっていたはずです」

「先生は……本当に、そういう方でした」

夏美が、ぽつりと言った。見ると、熊倉や、本島、川井も、風にそよぐススキのように、うなずいている。

「……時実のパソコンを調べれば、今の話の裏付けが取れるんじゃないのか？　内部時刻が、十二分遅れているはずだろう？」

ヒキジィが、低い声で訊ねた。

榎本に代わって、八重樫巡査部長が答える。

「時実さんのパソコンには、いっさい異状はありませんでした。内部時刻も正常です」

「後で修正したわけか。まあ、当然だろうな」

「……関係があるかどうかわかりませんが、暖炉の灰の中を調べて、USBメモリの残骸《ざんがい》を一つ発見しました」

八重樫巡査部長は、苦虫をかみつぶしたような顔で付け加える。

「残念ながら、すでに情報の読み取りは不可能でした」

全員の目が、時実に注がれる。

「誰にも見せられないような画像があったんですよ。ま、ご想像にお任せしますが。警察に調べられるとまずいと思って、絶対確実な消去方法を採りました」

時実は、無表情に答える。

「……私設法廷の終了後、皆さんのほとんどは、この広間で警察の到着を待っていました。森先生の思い出について語り合ったり、勝手にスコッチ・ウィスキーを飲んだりしながら」

純子は、さりげなく目をそらした。

「そんな中、時実さんは、数分間、ご自分の書斎に籠《こ》もったのを記憶しています。そのとき、USBメモリでパソコンを起動すると、RTC《リアルタイムクロック》を正常な時刻に戻し、問題のないハードディスクを挿しておいたんでしょう。それから、広間に下りると、話の輪に加わりました。そして、警察の到着で全員が玄関へ向かった隙に、使ったUSBメモリを焼き捨てたんだと思います。USBメモリの中身は完全に消去できますが、時実さんがおっしゃったとおり、焼いてしまえば、より完璧に安全ですからね」

榎本は、冷ややかに言う。

「ちょっと待って。森先生のパソコンの時刻が正しくなっていたなら、犯人——時実さんは、なぜ、パソコンの電源を落としてたんですか？」

「FMチューナーと同じですよ。その時点では、正しい時刻を知られてはまずかったんです。それから、パソコンを立ち上げたいという私の提案を却下したのも、同じ理由からです」

「どちらにせよ、榎本さんの想像の域を出ない話ですね。私には、完璧なアリバイがある。かりに怜子さんのPCのタイムスタンプが改竄できたとしても、アリバイそのものには何の影響もありませんよ」

時実は、ふてぶてしい表情でうそぶいた。

「では、第三のカテゴリーの、電波時計のトリックについて説明しましょう。これこそが、今回の事件の核となる、いわば『ミステリークロック』です」

榎本は、ソファの後ろにあった紙袋から、大きな掛け時計を取り出して、ダイニングとの間の下がり壁を見やる。

「同じものを見つけるのには、苦労しました」

たしかに、あそこに掛かっているのと同じ機種のようだ。

「時系列で、状況を整理しておきましょう。まずは、時実さんが、森先生のコレクションを皆さんに披露すると宣言しました。時刻は、八時五十分です。時実さんは、壁の電波時計を見て、『この時計が正確ならば、そろそろ始めようかと思います』と言ったように記憶しています。私は、この発言に違和感を覚えました。電波時計なら正確に決まってるからです。しかし、それが、アリバイのために時刻を確認させる誘導だとしたら、どうでしょうか？　現に、何人かの方は、このとき腕時計を見たはずです。私もそうでした。そして、時刻は、まちがいなく八時五十分でした」

「わたしも確認しました」と、純子は言う。榎本と同様に、時実の発言を妙だと思ったのを覚えている。

「ええ。私も見ましたね」と本島。それに、数人がざわざわと同調した。

「このときの時刻は、正真正銘八時五十分だったはずです。腕時計は第一のカテゴリーで、時実さんが手を触れることができなかったアイテムの一つだからです」

榎本は、喋り疲れたのか、水を一口飲んで喉を潤す。全員が静かに続きを待ち受けている。

「その後、皆さんは置き時計の価格当てに熱中していましたが、時実さんが戻ってくると、終了を告げました。それが九時三十九分で、時実さんが衛星携帯電話の通話を終えた直後でもあります。時実さんは、再び壁の電波時計を見て、大声で時刻に言及しました。皆さんの多くも、つられて時刻を確認したことでしょう」

榎本の言葉に、大勢がうなずいた。

「しかし、さっきと決定的に違うのは、今回は招待客全員が腕時計を取り上げられており、参照することができなかったということです。そのため、時刻の確認は電波掛け時計のみで行われました」

「それが、どうして決定的に違うんですか？」

川井が、わけがわからないという顔で訊ねた。

「このときには、時刻は改竄されていたからです。電波掛け時計は、九時三十九分を示しているように見えましたが、実際の時刻は、九時五十一分でした」

「と、いうことは、まさか……？」

熊倉が、ぞっとしたようにつぶやく。

「この時点で、時実さんは、すでに森先生を殺害していたのです」

10

しばらくの間は、誰も質問をしなかった。頭を整理する必要があったからだろう。

「待ってくれ。それは、ありえんのじゃないか？」

ヒキジイが、沈黙を破る。

「たしかに、その間、広間は暗かったが、時実氏が電波掛け時計に手を触れるチャンスは、なかったはずだ」

これには、ほぼ全員がうなずく。

「皆さんは、当然、ミステリークロックの原理はご存じですね？」

唐突な質問だったが、純子以外の、全員がうなずいた。驚いたことに、太田や、メイクの女性までがうなずいている。

「ミステリークロックの針は、透明な円盤の上に貼り付けられて、縁に隠されている歯車で円盤全体が回転する仕組みなんです」

純子の様子を見かねたのか、夏美が小声で教えてくれた。へえ、そうだったのか。

純子は、感心しきりだったが、この様子も撮影されていることを思い出し、いかにも前から知っていましたという顔でうなずいてみせる。

「電波掛け時計は、針が宙に浮かんでいるミステリークロックのようなものでした。あの晩、たしかに、誰一人時計には手を触れることができなかったはずです。それにもかかわらず、時刻の操作は行われました。……時刻を、おそらく十二分だけ巻き戻したのです」

「十二分？　さっきも言ってたけど、どうして、そんなに具体的な時間がわかるの？」

純子は、当惑して訊ねた。悔しいが、さっぱりわからない。

「その説明は、もう少し待ってください」

榎本は、またもやはぐらかす。

「では、具体的なトリックを、この時計を使って、ご説明しましょう」

榎本は、ようやく、さっき取り出した大きな時計を掲げてみせる。

「まず、時計の構造を確認しておきましょうか。時計は、文字盤、短針、長針、秒針の順に取り付けられています。このことを頭に入れておいてください」

何をあたりまえのことを、と思う。

「あの電波時計は、デザインが素っ気なさ過ぎるために、森先生には不評でした。しかし、それもやむをえませんでした。時実さんの計画のために、いくつかの条件に合致しなければならなかったからです」

榎本の言葉に、時実の表情が硬くなったように見えた。

「まず、時計全体が完全な円形で、縁に模様がないこと。比較的、軽量であること。暗闇で、針や文字盤が光る夜光時計ではないこと。電波を受信して時刻合わせをする際に、できれば針が最短距離で動くこと。文字盤のデザインとして、半径が短針の長さに近い同心円の線が入っていること。それだけの条件を満たし、なおかつ洒落《しゃれ》たデザインの時計は、どうしても見つからなかったのでしょうね」

「気を持たせるのは、そのくらいでいいだろう。具体的に、どうやったのかね？」

熊倉が、じれたように先を促す。

「ここから先は、私の想像になります。細部には違う点があるかもしれませんが、おそらく大筋では間違っていないはずです」

榎本は、時計のガラスカバーを外して、いったん下に置く。

「まず、時実さんは、本物の時計の文字盤をカラーコピーして、二枚の紙の文字盤を作りました。同じ電波時計が二つあるということでしたが、おそらく、もう一つ購入してあって、そちらをコピー用に分解したのでしょう」

榎本は、今度は、二枚の紙の文字盤を掲げる。一枚は文字盤と同じサイズで、もう一枚は、それよりずっと小さい。

「一枚目は外周部の数字を示すためのもので、文字盤と同じ大きさです。背面にネジ留めしてある時計のガラスカバーを外し偽の文字盤を挟み込むのですが、その際、針は外せません。きちんと動くように針を付け直すのは難しいからです。そのため、紙の文字盤には切れ目を入れる必要がありますが、たぶん切れ目は六時の方向に入れたのでしょう。切れ目は裏からテープで留め、表側は白いペイントで隠します。また、裏側には錘《おもり》を貼っておきます。この文字盤は短針の下に挟み込んで、軸のまわりで自由に回転するようにしておきます」

榎本は、すらすらと説明する。

「二枚目は、長針と短針の間に挟み込みます。ちょうど短針を隠せるサイズで、もともとの文字盤にも同心円状の線があったため、縁の線が見えても差し支えありません」

榎本は、説明通りに紙の文字盤を時計に挟み込んで、全員に見えるよう高く掲げた。

「二枚目の紙の文字盤には、ミステリークロックのように、偽の短針が貼り付けてあります。また、裏側には紙か接着剤で作った小さなポッチが付けてあり、本物の短針に引っかかり、短針の動きにつれて回転します。偽の短針は、本物の短針より、角度にして72度先の位置にあります。さらに、偽の短針の真裏近くには、別のポッチが付けられています。これで、電波掛け時計は、偽の文字盤、偽の短針、本物の長針と秒針が見える状態です」

榎本は、ちらりと時実を見やる。時実はというと、微動だにしないでポーカーフェイスを貫いていた。

「それから、長針を十二分進めます」

また十二分が出てきた。今回は黙って続きを待とうと思ったが、やはり引っかかる。

「え？　今度は進めたんですか？　遅らせるんじゃなくて？」

「そうです」

「でも、実際は、九時五十一分だったときに九時三十九分だと誤認させなきゃならなかったんでしょう？」

「遅らせるためには、まず、進めなくてはならなかったんです」

榎本は、謎のような答えを返す。

「……時刻を進めた？　どうやったら、そんなことができるんですか？」

しばらく黙って聞いていた時実が、意外なところで反論する。

「え？　だって、普通に針を動かせばいいんでしょう？　ガラスカバーも外せるんだし」

純子が訊ねると、時実は、冷たい笑みを浮かべた。

「電波時計は、内部のマイコンが針の位置を認識し、標準電波を受けて時刻を修正するようになっていますから、機械的に針の位置を動かしてしまうと、正確な時刻を表示できなくなるんです」

「しかし、うちの電波時計には、時刻合わせボタンが付いていて、手動で時刻を合わせられましたけど」

今度は、川井が疑問を述べる。

「残念ながら、この電波時計には、針回しのツマミも、時刻合わせボタンもありません」

時実は、にべもなかった。

「なるほど。電波時計を騙《だま》して間違った時刻を認識させた——人を騙す前に、まずは時計を騙したというわけですか」

本島が、自信たっぷりな態度で言う。撮影を意識して、満を持しての参戦だった。

「そのために使われたのは、おそらく、パソコンソフトだったんでしょう」

「パソコンソフト？　それで、どうやって電波時計を動かせるんですか？」

純子にとっては、ちんぷんかんぷんな話だった。

「パソコンを使って、電波時計の時刻を合わせるフリーソフトがあるんですよ。電波時計の時刻を合わせるための標準電波を発信する施設は、日本に二ヵ所ありますが、東日本全域をカバーしているのは、福島県にある、おおたかどや山標準電波送信所です」

本島は、意外な知識を披露する。

「実は、東日本大震災関連の本を作ったときに、おおたかどや山標準電波送信所が、一時、標準電波を送信できなくなったという話を聞きました。そのときに、このソフトを使って、電波時計の時刻を正確に合わせた人がいたそうです」

「でも、パソコンと時計を、どうやってつなぐんですか？」

機械に弱い純子には、想像もつかない。

「パソコンの音声出力に、ヘッドフォン端子の付いたスピーカーを接続し、コードが長めのヘッドフォンをスピーカーに接続して、コードを巻き、スピーカーの音量を最大にすると、時刻合わせ用の電波が発信されるんです。巻いたコードの輪にくっつけて電波時計を置けば、受信が可能なんですよ。自作のアンテナを使えばもっと簡単ですが、ここで重要なことは、パソコン上のボタンによって、正しい時刻ではなく、任意の時刻に電波時計を合わせられるということですね」

再び、沈黙が訪れた。

「そうか……なるほど！　わたしも、それしかないと思います！」

純子は、すばやく勝ち馬に乗る。説明の半分くらいしか理解できなかったが、電波時計の時刻を操作できるということだけは、何となくわかったし。

「わっはっは！　パソコンソフトだと？　どうして、そういう奇天烈《きてれつ》な発想になるのかが、さっぱりわからん。なぜ、そうまでして、意味もなく電波を撒《ま》き散らしたがる？」

ヒキジイが、腹を抱えて大笑いした。

「昨今、電波系と呼ばれているのは、あんたのような手合いのことなのかね？」

これには、本島も、さすがに気を悪くしたらしい。

「他に、もっといい方法がありますか？」

「あたりまえだろう？　好都合な時刻になるまで待って、電池を抜いておけばいいだけだ。もう一度電池を入れれば、その時刻から動き出すのだからな」

本島は、ぽかんと口を開ける。単純すぎる指摘に、二の句が継げない様子だった。

「どうやら、長針を進めるという私の言い方が、誤解を招いたようですね。同じ電波時計が時実さんの書斎にもあったわけですから、そちらを、ある時刻で止めておいて、その時刻になる十二分前に電池を入れて、広間の壁の時計と掛け替えたんだろうと思います」

榎本は、気の毒そうにフォローした。

わたしの熱烈同意を返してくれと、純子は本島を恨む。

「さて、これで、電波掛け時計は、実際の時刻より十二分進んだ状態になりました」

榎本は、両手で持っている時計を、回転させるように傾けた。

「次に、時計全体を72度左向きに回転させて、本物の文字盤では十二分のところの刻み目がてっぺんに来るように壁に固定します。……もう、ほとんど横向きに近いですね」

「どうやって、固定したんですか？」

本島が、低い声で訊ねた。

「壁に掛けてあったフックを支点に、どこかもう一ヵ所を、壁紙用の粘着剤でくっつければいいんです」

榎本は、即答する。どんな質問が出るかは、すべて予想の範疇《はんちゅう》らしい。

「さて、72度左向きに回転させた時計がどう見えるかというと、こうです」

榎本の手にした時計を見て、純子にも、ようやく何をやろうとしているのかわかったような気がした。

「一枚目の紙の文字盤は、短針の下で自由に回転しますし、裏に錘を貼ってあるおかげで、常に6時を下にします。つまり、12時が真上になり、まっすぐな文字盤に見えるわけです。また、二枚目の紙の文字盤に貼り付けられた短針は、本物の短針より72度先にありますから、回転させた分を相殺して、正しい位置に来るわけです。最後に長針ですが、実際の時刻より十二分――72度進ませてあるため、こちらも回転が相殺され、正しい時刻を表示しています」

続く榎本の言葉に、純子は、ぞっとさせられた。

「きれいはきたない、ですよ。一見すると正しい時刻ですが、時計が認識している時刻は、間違っているわけです」

「ふうむ。たしかに、トリックは、ますます奇術に近づいているようだな」

ヒキジイが、唸った。

「それから、どうしたんだね？」

「時実さんは、ダイニングでの晩餐会の前に、電波時計を入れ替えたんでしょう。その間、広間のカーテンは、ずっと閉めたままにしてありました。あのカーテンです」

榎本は、ガーデンテラスに出る掃き出し窓にかかったカーテンを指し示す。

「ここに掛けるには、不自然な材質のカーテンです。何しろ、医療施設などで使われている、電磁波を遮断するカーテンですからね」

「電磁波シールド・カーテンかね？　それは、なかなか興味深い」

ヒキジイは、わざわざ掃き出し窓まで車椅子を移動させ、カーテンの手触りをたしかめていた。

「ふつうのカーテンより、ごわごわしているな。金属繊維で電波を吸収するタイプだろう。これを寝室に掛けておけば、私も枕を高くして眠れそうだ。しかし、いったい何のために、こんなものを吊ってあるのかね？」

質問を向けられた時実は、無表情にヒキジイを見やった。

「ご存じのとおり、庭には大型の蓄電池がありますからね。もちろん、過剰な心配ですが、怜子さんが電磁波のことをひどく気に病んでいたので、安心させるためでした」

「たしかに、あの晩、ここでくつろいでいたときも、森先生は電磁波のことをおっしゃっていましたね。しかし、時実さんの狙いは、まったく別のところにありました」

榎本は、広間の下がり壁の方を見やる。

「このカーテンを閉じている限りは、電波時計は標準電波を受信できません。したがって、時計が認識していた時刻は、実際よりも十二分進んだままです。もちろん、我々の目には、正しい時刻を表示しているように見えていましたが」

純子は、はっとした。

「途中で一回、カーテンは開けられてますよね？」

「ええ。時実さんが、ガーデンテラスで衛星携帯電話をかけるときに、カーテンを開けて、その後はずっと開いたままになっていました」

「時刻は、たしか、**九時七分**でしたね」

本島が、手帳を見ながら言った。

「ええ。それ以降は、電波時計が標準電波を受信できるようになったわけです」

「そういえば、うちにも電波時計があったな。時刻合わせの受信をするのは、夜中だったような気がするんですけど。……午前二時頃じゃなかったかな」

川井が、思い出そうとするように、こめかみに手を当てた。

「受信時刻は、機種により違いますよ。この電波掛け時計は、一日二十四回、毎時三十分に受信を行ったはずです」と、時実が答える。

「だとすると——九時七分の後だから、九時三十分に受信したということですか」

「時計が正しければそうですが、電波掛け時計が認識していたのは、実際より十二分進んだ時刻なんですよ」

榎本が、川井の錯覚を訂正する。

「あ。そうか」

純子も、ようやく気がついた。正しい時刻を受信する時刻は、間違った時刻なのである。頭がこんがらがる話だった。

「つまり、九時三十分の十二分前の九時十八分に、電波掛け時計は、九時三十分に行うべき受信を行いました。時計に意識があったなら、自分が十二分も進んでいたことに驚いたことでしょう。そして、あわてて時刻の修正を行いました。多くの電波時計では、針はいったん十二時ちょうどの位置まで進んでから、正しい時刻になるまでぐるぐると回り続けますが、この機種では針は最短の動きをします。それで、長針は十二分——72度だけ左回りに動きました。その結果、時計が表示する時刻は、こうなりました」

榎本は、再び持参した時計を掲げると、斜めに傾けた。おおよそ九時六分を示しているように見える。

「長針は、十二分時刻が進められていたときには、時計全体が左に72度傾けられていたため、正しい時刻を表示しているように見えました。ところが、針が正しい時刻の位置に戻ると、長針は時計の傾きの分だけ遅れているように見えます。見た目上は十二分遅れていますが、実際は正しい時刻を認識している。きたないはきれい、となったのです」

「ちょっと待ってくれ。短針はどうなる？　それだと、あり得ない針の配置になってしまうのではないか？」

ヒキジイが、鋭く突っ込んだ。

「時計は、本来、長針などなくても、短針だけで時刻を特定しているのだ。その状態だと、長針は九時六分を示しているように見えるが、短針は、電波を受信して九時十八分になり、文字盤が左に72度傾けられている分は二枚目の紙の文字盤で相殺されるから、結局は、同じ九時十八分の位置にあるように見えるはずだ。長針と短針が示す時刻が、明白に矛盾しているではないか？」

「しかし、そのときは、部屋は暗かったでしょう？　文字盤なんか見えませんよ」

本島が、ぶっきらぼうに突っ込む。馬鹿にされたことを、根に持っているようだ。

「では、明るくなったときは、どうなのだ？　長針が十二分遅れているように装われ

電波掛け時計の偽装

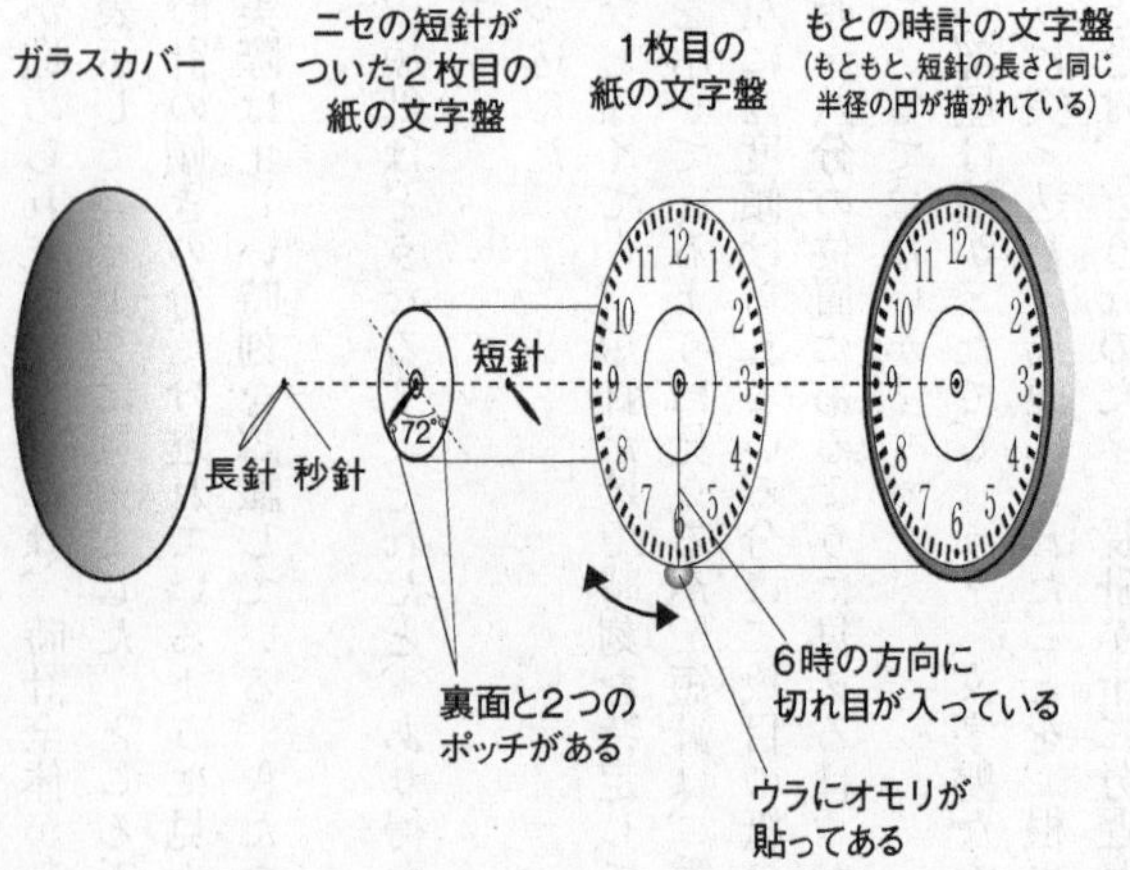
ガラスカバー
ニセの短針がついた2枚目の紙の文字盤
1枚目の紙の文字盤
もとの時計の文字盤
(もともと、短針の長さと同じ半径の円が描かれている)
短針
72°
長針 秒針
裏面と2つのポッチがある
6時の方向に切れ目が入っている
ウラにオモリが貼ってある

電波掛け時計の操作

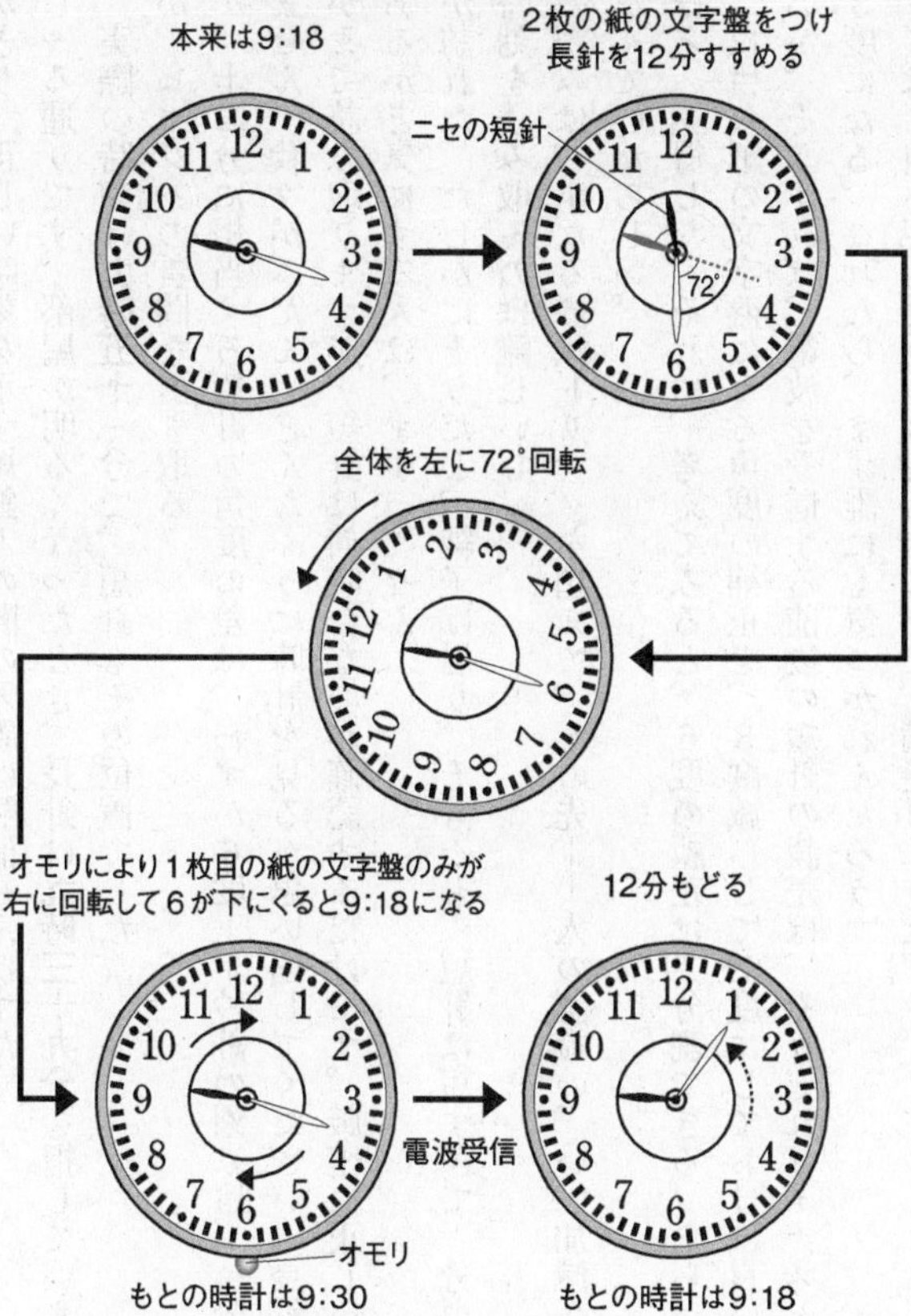

本来は9:18
2枚の紙の文字盤をつけ
長針を12分すすめる
ニセの短針
72°
全体を左に72°回転
オモリにより1枚目の紙の文字盤のみが
右に回転して6が下にくると9:18になる
12分もどる
電波受信
オモリ
もとの時計は9:30
もとの時計は9:18

ているかぎり、正しい時刻を示す短針との間の矛盾は解消せんはずだ」

「おっしゃる通りです。部屋が明るくなったとき、長針は九時三十九分を指していました。が、実際の時刻は九時五十一分で、短針もその位置でした」

榎本が、ヒキジイの質問を引き取る。

「ですが、十二分に相当する短針の角度の差は、わずか6度——秒針の刻み目一つ分にすぎません。我々がふだん、どんなふうに時計を見るか思い出してください。長針は何分かまで読み取りますが、短針は何時台なのか確認するだけです。厳密に正しい位置にあるかと気にする人は、まずいません」

沈黙が訪れた。たしかにそうだと、純子は思う。そもそも、短針は短すぎて、分単位まで時刻を読み取るのは難しいし。

時実の読みは、単なる機械トリックを超えて、その先——人の認識の、いい加減さにまで及んでいたらしい。

「なるほど、納得した。それに、考えてみると、6度の誤差は二分割できる。あらかじめ、二枚目の紙の文字盤による角度の補正を、3度減らして69度にしておけば良いではないか。そうすれば、電波を受信する前後の短針の誤差は、それぞれマイナスとプラス3度になる。これなら、まず誰にも気づかれんだろう」

ヒキジイは、自ら犯行計画を改良したことで、満足げにうなずく。

「何だか、混乱してきたな。細かすぎる話は置いといて、要点を整理してみましょう」

本島が、手帳にボールペンで書き込みをしながら言う。

「時刻が修正された九時十八分には、広間はかなり暗かったため、電波掛け時計の文字盤は見えませんでした。再び部屋が明るくなったとき、実際には九時五十一分でしたが、我々が見た時刻は九時三十九分で、実時間より十二分遅れていたということですね？」

「そのとおりです。壁の時計にはいっさい手を触れることなく、時刻を操作したわけです。まさに奇術ですね」

榎本は、世間話をしているように気楽な調子だった。

「我々は、八時五十分から九時三十九分まで――四十九分間、ここで置き時計の値踏みをしていたつもりでしたが、電波時計が遅らされたため、終了の時間は十二分遅れていました。本当は、八時五十分から九時五十一分まで、六十一分が経過していたのです」

「……しかし、時計だけで、人間の時間認識を、そこまで完璧に誤魔化せるものだろうか。人間には、体内時計というものがある。それに、一人だったらともかく、これだけの人数がいたんだ。中で一人くらい、勘のいい人間が、違和感を覚えそうなもんだろう？」

熊倉が、異議を唱えた。

「まず、奇術の場合もそうですが、人数が多ければ騙されにくいということはありません。むしろ、周りに人間がいることで安心するため、誰か一人が納得する様子を見れば、残りのメンバーは暗示にかかり、そういうものかと思うでしょう。まして、誰も手を触れていない電波掛け時計の時刻が狂わされるとは、夢にも思っていないはずですから」

想定内の質問なのか、すらすらと答える。

「それだけではありません。この犯人――時実さんの巧妙なところは、心理学を応用して、我々の時間認識を狂わせた点にあるんです」

「心理学って？」

純子は、眉間に皺を寄せた。

「簡単な話ですよ。我々は、誰でも、楽しい時間や何かに集中している時間は、あっという間に過ぎ去るように感じ、退屈な時間とか苦痛に満ちた時間はやけに長いと思うものです。そういう人間の感覚のギャップは、時実さんのご専門だったんじゃないですか？」

時実は、答えなかった。

「あのときの我々は、鼻先にニンジンをぶら下げられた馬のようなもので、高額賞品に目が眩《くら》み、血眼で時計の鑑定に熱中していました。特に制限時間はありませんでしたが、逆に、いつ終わりになるかわかりません。早く見極めようと焦る気持ちがあったため、同じ時間が、ふだんよりずっと短く感じられたでしょう。ですから、実際は六十一分が経過していたのに、四十九分だったと言われても、誰も不思議に思わなかったんです」

時実は、単純に時計にトリックを仕掛けただけでなく、我々の意識を操作していたのだ。あの晩の時実の言葉が、脳裏によみがえる。

「トリックの奇術化とは、まさにそういうことなんですよ。機械トリックは、奇術で言えば種や仕掛けに当たりますが、それだけでは不完全です。言葉や行動によるミスリードなどで、いかに見せるかも重要になります。機械的なトリックは、人間の心理特性を考慮した演出と相まって、初めて人の心の中に幻影を創り出すことができるんです」

「なるほど。我々が認識していた時刻は、十二分だけ遅らされた……そこまではいいだろう。だとすると、どうなるのかね？　犯人にとって、どんなメリットがあるのかな？」

熊倉は、集中しようとしているのか、目を閉じて腕組みをしていた。

「単純明快ですよ。それで、アリバイを作れます」

榎本は、笑みを浮かべる。

「時実さんには、衛星携帯電話で通話していた時刻——九時七分から九時三十八分までの間、鉄壁のアリバイがあります。その前後には、皆さんと行動を共にしていましたから、犯行は不可能だと思われました。……しかし、時実さんが広間に現れた時刻が、九時三十九分ではなく九時五十一分だったとしたらどうなるでしょう？　九時三十八分に通話を終えてから、九時五十分までの十二分間は、完全な空白になります。二階へ行って森先生を毒殺するのが、ぎりぎり可能な時間があったことになるのです」

純子は、戦慄《せんりつ》を覚えた。

「しかし、あのとき、時実さんが帰ってきたところは、ガラス戸越しによく見えましたよ。まだ衛星携帯電話で話をしていましたけど、通話を終えると、サッシを開けて広間に入って来ました……あっ、そうか！」

言葉にするうちに、川井は自分で気がついたようだった。榎本は、うなずく。

「そうです。実際には、ずっと前に通話を終えていたのですが、そのときに終わったように臭い小芝居をしたにすぎません」

榎本の口調は、いつになく辛辣だった。

「……待ってください。たしかに、面白い推理でしたね。榎本さんには、ミステリー作家の素質があるかもしれません。しかし、かりに僕が電波時計にそういうトリックを施していて、時刻を十二分巻き戻したとしても、その後で時間に齟齬が生じるはずでしょう？」

時実が、反撃に転じたが、その態度は、どことなく切羽詰まっていた。

「忘れたんですか？　広間に帰ってきてから以降、僕は、ずっと皆さんと一緒にいました。犯人を見つけるための話し合いを始めたのは九時五十分でしたが、それからは、ダイニングルームのグランドファーザー・クロックとパタパタ時計が皆さんの目の届くところにあり、常に時間の経過を確認できたはずですよ。最終的に事故であった可能性が高いという結論に至ったのが十時四十七分でした。それから全員で書斎に行ってPCを起動しましたが、その直前にリングレットが示していた時刻は、十時四十九分だったはずです。

それから、怜子さんの書き残した原稿を調べた後、我々は広間に下りました。このときの電波時計の時刻は十時五十五分で、庭のブレイカーを落としてフットライトが点くかどうか実験しました。そして、犯人だと思う人を指し示す最後のゲームを始めたとき、皆さんは、また電波時計を見たでしょう。たしか十時五十八分でした。ゲームに要したのは七分間で、終了後、皆さんからお預かりしていた腕時計をお返ししましたが、何人かの方は、腕時計と電波掛け時計の時刻が、その一分後の十一時六分であるのを確認したと思います。さらに、警察が臨場してからは、この山荘にある時計はすべて調べたはずです。時刻が正しいだけではなく、何の細工も異状もないことは、確認済みですよね？　八重樫さん」

急に話を振られた八重樫巡査部長は、一瞬、反応が遅れた。

「ああ……ええと、そうですね。どの時計にも異状は見当たりませんでした」

「お聞きのとおりです」

時実は、大きく息を吐いた。

「これで、おわかりでしょう？　電波掛け時計のトリックで十二分間時刻を遅らせたなどというのは、単なる机上の空論に過ぎないことが。皆さんは、複数の時計によって切れ目なく時刻を確認していました。その目をすべて誤魔化すことは不可能ですよ」

「複数の時計によって切れ目なく時刻を確認していた。それこそが、この事件のトリックのキモなんです」

榎本は、平然と切り返す。

「時実さんは、時間を縮めることで空白の十二分を作り出しました。しかし、そうなると、今言われたように、実際の時刻との齟齬が生じます。そのギャップを埋めるために、今度は時間を十二分だけ引き延ばしたのです」

「十二分遅らせてあったいくつもの時計を、警察がやって来る前に、正しい時刻に追いつかせたということかね？」

ヒキジイが、頭を掻く。

「悔しいが、どうやったらそんなことができるのか、見当も付かんな」

「それでは、ご説明します。まずは、電波掛け時計を、どうやって正しい時刻に戻したのかということからです」

榎本は、全員を見渡した。

11

「我々が時実さんに拘束されて、尋問されていたときの様子を、思い出してみてください。十時五十分という刻限まで、あと二、三分というときです」

榎本の言葉で、純子は記憶をよみがえらせた。

「時実さんは、落ち着かない様子だったと思うけど」

「そういえば、ダイニングと広間の間を、行ったり来たりしていたな」

川井も、同じような印象を持っていたようだ。

「ええ。ああいった、精神が不安定に見えるような演技をしたのは、我々にプレッシャーをかける意味合いもありましたが、実はもう一つ、もっと大事な目的があったのです」

榎本は、すでに聴衆の心を摑《つか》んでいるようだった。

「時実さんは、ダイニングと広間の間を往復しながら、境目あたりに立っていてもおかしくない雰囲気を作り出したんです。そして、時実さんが、実際に境目付近に立っていたとき、猟銃はどこにあったでしょう？」

純子は、目を閉じて考えた。あのときの映像が、まざまざとよみがえる。

「高く掲げていたんじゃない？　暴発するのが心配だったけど、銃口が下がり壁で隠されていたから、ちょっとだけ安心したのを覚えています」

「そのとおりです。私も、銃口が一時的に隠れたことで、安堵を覚えました。……しかし、振り返って考えたときに、時実さんの姿勢が不自然だと気がついたんです。まるで、銃身を伸ばして何かに触れようとしているかのようじゃないですか？　もしそうだったとすると、時実さんが伸ばした銃の先には、何があったでしょう？」

「電波掛け時計？」

川井が、つぶやいた。

「はい。そう考えるのが妥当でしょう。下がり壁には、他に何もありませんから」

榎本は、うなずく。

「しかし、銃口を使って、針を動かすことはできなかったはずだ。ガラスカバーがあるし、電波時計の時刻を変えるときには、物理的に針を動かしてもだめだという話だったじゃないですか？」

本島が、困り顔で訊ねる。

「銃口で、直接針を動かしたわけじゃありません。さっき、本島さんは、どうやって時計を72度左向きに回転させて壁に固定したのかと質問されましたね。私は、もともと壁に留めてあったフックを支点にして、もう一カ所を壁紙用の粘着剤で固定すればいいと答えました。その推定には根拠があったんです。つまり、粘着剤を外したら、時計はまた元の状態に戻るようにしてあったはずなんです」

榎本は、理解しているかどうかを確認するように、一人一人の顔を見た。

「72度左に傾いていた時計が、水平に戻ったということだな？　うーむ……そうなったら、どうなるかだが」

ヒキジイが、全員を代表して答える。

「数字のある紙の文字盤は、錘のせいで常に6時を下にするということだから、問題ない。本物の文字盤とぴったり重なるだけだ。二枚目の紙の文字盤は……ん？　今度は、さっきの6度どころではないぞ！　全体が右に72度も回転したら、短針は二時間以上も動いたように見える。時刻がめちゃくちゃになりゃせんか？」

「そうはならないような、工夫がなされていたはずです」

待ち構えていた質問だったらしく、榎本は微笑した。

「偽の短針が貼られた二枚目の紙の文字盤の裏側には、紙か接着剤で作ったポッチがあり、本物の短針に引っかかって連動するようになっていたはずですが、そのポッチには、手品で使うインビジブル・スレッドを結んであったんでしょう。きわめて細い糸ですから、部屋の照明が点いていても我々からは見えません。スレッドは、ある程度の余裕を持たせて時計とガラスカバーの隙間から右方向に延び、壁のどこかに固定してあります」

榎本は、再びコップの水を一口飲んで、喉を潤す。

誰もが、固唾を呑んで、続きを待ち受けていた。

「時実さんは、不幸な事故だったという本島さんの声に耳を傾けるふりをしながら、猟銃の先端で時計を壁から浮かせ、粘着剤から引き剝《は》がしました。72度左に傾けてあった時計は、回転して本来の位置に戻りますが、ポッチは伸びきった糸に引っ張られて、剝がされます。ポッチが取れた二枚目の紙の文字盤は、偽の短針の重みで、今度は左回りに回転しますが、偽の短針の裏側にある二番目のポッチが本物の短針に引っかかって、そこで安定します」

榎本は、再び、時計を持ち上げて全員に見せる。

「つまり、こういう状態になります。一枚目――数字が書かれている偽の文字盤は、本物の文字盤とぴったり重なり、二枚目の文字盤の上の偽の短針も、本物の短針の真上に来ます。ここで初めて、時計の示す本来の時刻と紙の文字盤の時刻とが一致する――きれいはきれい、という状態になったのです」

純子は、唖然としていた。よくも、こんなことを考えたなと思う。時実は、最小限の動作――猟銃の先端で時計を浮かせる――だけで、十二分間遅れて見えた時刻を、一瞬にして、正しい時刻に戻したのだ。

「しかし、だとすると、電波掛け時計には、一枚の紙の文字盤が残ったままになるが？」

ヒキジイが、腕組みをして訊く。

「ええ。ですから、警察が到着する前に、二枚の紙の文字盤やスレッド、壁の粘着剤などは処分する必要がありました」

「そうだったのか！　今わかったぞ！　そのために、俺たちにあんなことを……」

川井が、突然また激昂した声を上げる。

「どうしたんですか？」

隣に座っていた本島が、驚いて川井の顔を見た。

「あの狂った人狼ゲームもどきですよ！　俺たちは、犯人だと思う奴を指差せと強要されたでしょう？」

川井は、立ち上がると、時実に人差し指を突きつけた。

「今なら、自信を持って指せますよ！　あの時間は、この男が、時計に残されたイカサマの痕跡を処分するためにあったんだ！」

時実は、川井の目を真正面から平然と見返す。

「その通りです。すでに時刻を偽装するトリックは終了し、山荘内にあるすべての時計は、正しい時刻を示していました。にもかかわらず、時実さんが芝居を続けていたのは、ただの後始末のためです。……生きるか死ぬかというあのシーンがクライマックスだと思った人も、多かったでしょうが」

榎本は、自嘲気味に言う。そう言う本人も、あのときは、まんまと騙されていたのかも。

「時実さんは、電波掛け時計の真下に椅子を持ってきていました。我々が頭に袋をかぶると、椅子に乗って電波掛け時計を下ろし、ガラスカバーを外して、二枚の紙の文字盤を取り去りました。三分もあれば余裕だったでしょう。その間、悪趣味なドラムロールをリピートして大音量でかけていたのも、そのときの音をごまかすためです」

「わざわざ暖炉の火を熾したのも、そのためかね？」

熊倉が、痰《たん》の絡んだ声で言う。

「はい。二枚の紙の文字盤とスレッド、粘着剤を暖炉で燃やしたんでしょう。炭化水素製の粘着剤なら、紙と同様、跡形もなく燃えてなくなります」

榎本は、何かを空中で消し去る手品師のような身振りをする。

「ちなみに、紙を燃やすときは、注意が必要です。ただ暖炉にくべたんでは、舞い上がって煙突から飛んで行ってしまいますからね。必ず焚き付けの木で押さえてから燃やさなければなりません」

純子は、あのときの時実の様子を思い出した。ずいぶん熱心に火を焚いていると思ったものだが、そんなことに神経を遣っていたのか。

「……たいへん面白い話でしたが、すべては、あなたの空想の域を出ませんね。榎本さん。今聞いていて、そんな方法があったのかと驚きました。将来の作品の参考にさせてもらいますよ」

時実は冷笑したが、顔面は蒼白で、かすかに手が震えているようだ。

「もちろん、僕は、そんなことはいっさいやっていませんが、やっていないと証明するのは、悪魔の証明でしょう？　挙証責任はそちらにあるはずです。いったい、どこに証拠があると言うんですか？」

「たしかに、明確な証拠はありませんね。ちょっとした、状況証拠の他には」

「状況証拠？」

時実は、とまどった表情を見せた。

「山中さん。あのとき、あなたは、キッチンへ黒いゴミ袋を取りに行きましたね？」

急に指名されて、綾香は、緊張した表情で立ち上がった。

「あ。どうぞ、そのまま。……ゴミ袋は、すぐに見つかりましたか？」

「はい。いつも袋……類を入れてる、引き出しにありましたから」

舌がもつれて、綾香は、顔をしかめる。

「なるほど。こちらでは、ふだん、黒いゴミ袋を使いますか？」

綾香は、何度も首を横に振った。

「使いません」

「それは、なぜですか？」

「ゴミはいつもわたしが持ち帰って、家の近くにあるステーションに出すんですが、透明か半透明の袋じゃないと、ゴミ収集車が持っていってくれないからです」

ようやく緊張が解けたらしく、綾香は、はっきりした声で答えた。

「では、何のために、黒いゴミ袋を買ったんですか？」

「わたしは、買ってません」

では、それも計画の一部で、黒いゴミ袋を用意したのは、時実だったのだろう。

「それが、状況証拠ですか？　いやいや、もはや笑うしかありませんね」

時実は、強気な言葉とは裏腹に、一番上まできっちりとボタンを留めたシャツの首元に、指を掛けて引っ張った。榎本に次々とトリックを暴かれて、徐々に首が絞まってくるような気分を味わっているのだろう。

人殺しには微塵も同情は感じなかったが、見ているだけで、こっちが息苦しくなってくるようだった。

「そして、一連のトリックの最後を締めくくったのは、グランドファーザー・クロックと、パタパタ時計です。皆さん、ダイニングへと場所を移していただけますか？」

一同はソファから立ち上がって、ぞろぞろと移動する。カメラは、その様子も執拗に追っていた。

全員がダイニングテーブルに向かって座ると、榎本は、口火を切る。

「そもそも、不思議だったのは、グランドファーザー・クロックの横にパタパタ時計が置いてあったことです。時実さんは、グランドファーザー・クロックの進み方が正しいかどうか、パタパタ時計でチェックしていると言っていたそうですが、私にはまったく意味不明です」

榎本は、グランドファーザー・クロックの前に立った。

「ところが、これがトリックのために置かれたものだったと考えると、腑《ふ》に落ちるんです。この二つの時計は、まったく異なる原理により動きます。それらが示す時刻が一致しており、時間が経過しても、ずっと同じ時刻を示し続ければ、誰でも正しいものと思い込んでしまうでしょう」

「じゃあ、二つとも、正しくなかったわけですか？」

川井は、もう何も信じられないという顔になっていた。

「はい。我々は、電波掛け時計のトリックで、十二分遅れた時刻を正しいと信じ込まされていました。ところが、私設法廷が終わりに近づいた十時五十六分頃には、すでに正しい時刻へと誘導されていたのです。それから、人狼ゲームもどきをへて、腕時計を返してもらった時刻は、まちがいなく、午後十一時六分でした。それ以降、現在に至るまで、我々はずっと正しい時間の中で生活しています」

榎本は、ふっと笑みを漏らした。

「つまり、遺体を発見し、話し合いをしている間に、我々は、実際より速く時間が経過したように思わされたことになります。それは、おそらく九時五十六分から十時五十六分までの間だったのでしょう。実際は一時間が経過しているわけですが、我々は、九時四十四分から十時五十六分まで、七十二分もたったように錯覚させられたんです」

「しかし、さっきも同じような質問をしたと思うが、人間の時間に対する感覚というのは、そんなに簡単には騙されないんじゃ……」

熊倉は、そう質問しかけて、はっとした顔になった。

「おわかりになったようですね。今度もまた、時実さんはくだんの心理学を応用しました。命の危険と重圧に晒《さら》されている時間は、実際より長く感じられます。猟銃を突きつけられ、互いに疑心暗鬼になって陥れ合ったことで、我々は疲労し、六十分を、その何倍もの長さに感じました。実際より長い七十二分だったと言われても、逆にそんなに短かったのかと思うくらいです」

榎本の声は、確信に満ちていた。

「二つの時計が、両方ともスピードアップされていたんですか？　晩餐会では、どちらにも異状はなかったと思うんですが……。いつから、そんなふうになったんですか？」

本島が訊ねる。

「晩餐が終わったのは、午後八時ちょうどだったと記憶していますが、最後にダイニングを出たのは時実さんで、このとき二つの時計の時刻を細工しました。ざっと計算してみると、グランドファーザー・クロックは七時二十五分ちょっと、パタパタ時計は七時三十九分まで遅らせたはずです。グランドファーザー・クロックは、すぐに通常の1・2倍の速度で進み始めますが、パタパタ時計は、まだ通常運転です。このため、パタパタ時計が先行していますが、グランドファーザー・クロックがどんどん差を縮め、実時間の九時八分頃に追いつきます。この時点では、両者ともに八時四十七分頃を示していたはずです。ほどなく、パタパタ時計の速度も1・2倍に加速され、以降は、どちらも1・2倍速で併走して、我々がダイニングに集められた実時間の十時一分には、ともに九時五十分を表示していたわけです」

何を言っているのか、さっぱりわからなかった。いったいどうすれば、時計の進む速さを1・2倍に速められるのだろう。後からパタパタ時計を加速するというのもわからないし……。

「待ってくれ！　パタパタ時計の方はともかくとして、グランドファーザー・クロックは、どうやったのかわかったぞ！」

ヒキジイが、勝ち誇ったように叫んだ。

「さては、振り子に細工したんだな？」

「ご明察です」

榎本は、拍手する真似をした。

「振り子に？　どういう細工をすれば、そうなるんですか？」

見当も付かなかったので、純子は、訊ねるしかなかった。

「きわめて古典的なトリックですよ。振り子時計が時を刻む速度は、振り子の周期によって決まりますが、振り子の周期は振り子の長さの平方根に比例するんです。つまり、振り子を長くすれば、時計はゆっくりと進み、短くすれば、速く進みます」

榎本は、物理の教師のように、淡々と説明する。

「実際には、振り子の長さ自体を変えるのではなく、振り子に付いている錘を回転させて、上下させるんですが、概算では、振り子の長さが七割ほどで、速さが1・2倍になりますから、六十分間に時計は七十二分進むわけです」

純子は、啞然とした。振り子の位置など、気にしたこともなかった。そんな単純な方法で、まんまと騙されたとは。

「で、その振り子は、いつ元通りにしたんですか？」

「森先生のパソコンを起動してみるために、全員が、ダイニングから出たときだと思います。時実さんは、一番後ろにいて、我々を追い立てていました。全員が視界から消えたときに、グランドファーザー・クロックの蓋《ふた》を開けて、振り子を元に戻したんでしょう。錘の位置にテープか何かで印を付けておけば、二、三秒もあれば充分です」

「なるほど。……じゃあ、パタパタ時計の方は、どうやって？」

「それを説明するためには、話が少し遡《さかのぼ》ります」

純子は、話が遡るのが嫌いだった。現在の事件を解明するのに、どうして、昔の因縁話を聞かせられなくてはならないのか。榎本は、そのことを知っているらしく、さしたる必要もないのに、わざと話を遡らせることがよくあった。

が。
目いっぱい昔語りをするつもりだろうか。せいぜい、十年前くらいに留《とど》めてほしい
「どのくらいまで？」
「明治二十年までです」
嘘だろう。純子は、思わず口をあんぐりと開けかけたが、カメラがこちらを向いて
いるのに気づいて、あわててチャーミングな表情を作る。
「……まだ、ひいおばあちゃんも生まれてませんけど、その年に、いったい何が？」
「日本で初めて電力供給が始まったのが、この年明治二十年でした。最初は直流電流
ですが、明治二十二年に交流電流に変更されました。直流電流のままでは変圧が難し
かったからです。交流電流には周波数がありますが、最初のうちは発電所により周波
数がバラバラだったため、様々な支障が生まれました。そのため、周波数を統一しよ
うという気運が高まったのです。東京電燈は、ドイツのアルゲマイネ社製の発電機を
採用したために、周波数はドイツと同じ50ヘルツとなりました」
この男は、いったい何を言ってるんだ。純子は、腹立ちのあまり笑顔になる。
「一方で、大阪電燈は、アメリカのゼネラル・エレクトリック社製の、60ヘルツの発
電機を導入していました。この結果、今日に至るまで東日本は50ヘルツ、西日本は60
ヘルツという二つの周波数が共存することになったのです」

「あの……電力の歴史じゃなくて、パタパタ時計のトリックを聞きたいんですけど？」

純子は、尖《とが》った声を出した。

「ここで、森先生の書斎にあったリングレットのことを思い出してみてください」

榎本は、純子の抗議は無視して、全員に向かって語りかける。

「リングレットって……叔母にパソコンを起動させないために、時実がプレゼントしたって、あの時計ですか？」

川井が、首を捻った。

「ダイニングのパタパタ時計と森先生の書斎にあったリングレットには、共通点があります。それは、ともに電気時計だということです」

榎本は、そう言ってから、ちらりと時実の方を見る。

「電気で動くことが、重要なのかね？」と、熊倉。

電源コードが壁のコンセントに接続されていたことを、ぼんやり思い出す。停電になれば止まるかもしれないが、それ以外に何か意味があるのだろうか。

「電気時計は、単に電気を動力としているだけでなく、交流電流の周波数をカウントして、それを基に時を刻んでいるんですよ。50ヘルツだったら、一秒間に50回プラスとマイナスが入れ替わります。したがって、50回で一秒と判断できるわけです」

初めて聞いた。

「そうだったのか」

ヒキジイが、つぶやいた。

「六十分間に七十二分進む。そう聞いたときに、すぐに周波数のことを思い出したよ。昔、関東の電気時計を関西に持って行ったとき、よく起きた現象だ。なるほど……その差だから、十二分だったのか？」

「そのとおりです。もちろん、細かく設定すれば十分や十五分という差も作り出せますが、犯人にとって、一番計算がわかりやすかったのは、十二分だったはずです」

二人の会話がよく理解できず、純子は、いらいらした。

「すみません。もっとよくわかるように説明してください」

「東日本の電気時計は、50ヘルツの電流が基準ですから、プラスとマイナスが50回変わると、一秒と判定します。ところが、西日本では一秒間に60回変わります。すると、時計はそれを一・二秒と判断してしまう。結果、六十分間に七十二分進むわけです」

「つまり、パタパタ時計も、リングレットも、関東仕様で、50ヘルツ専用だったわけね？」

「そうですね。あるいは、周波数を切り替えられる機種ならば、スイッチを50ヘルツにしておけばいいわけですが」

たしかに、計算だけは合っているようだ。……いや、やっぱり話がおかしい。

「でも、ここは西日本じゃないわ。岩手は、東京と同じ50ヘルツでしょう？」

榎本は、静かに首を振る。

「思い出してください。この山荘は、東北電力から電気を供給されているわけではなくて、自家発電してるんですよ。ボックスの中にあったDC－ACインバーターを見たんですが、東日本でも西日本でも使えるように、周波数を切り替えるスイッチがありました。つまり、50ヘルツと60ヘルツのどちらにも設定できるんです。東京から引っ越したのなら、ふだんは50ヘルツにしてあったはずですが、スイッチを60ヘルツに切り替えれば、別々の場所にある二つの電気時計に指一本触れず、1・2倍の速度で進ませることができるわけです」

「そんなことをして、他の家電なんかに影響は出ないの？」

「今の家電は、どちらの周波数でも、自動で対応できるものがほとんどですから」

「ふざけたまねを……」

熊倉が、呆然とつぶやく。その場にいる多くが、同じ思いだっただろう。どんな殺人でも等しく弾劾されるべきかもしれないが、冷静にこんなトリックを弄することができる神経は、とうてい理解できない。

「だが、インバーターの周波数を変えるためには、いったん、電源スイッチを切らなければならないんじゃないのかね？」

ヒキジイだけは、純粋に推理を楽しんでいるようだった。

「そのとおりです。ですから、時実さんは、二度、建物の電源を落とす必要がありました。一度目は、我々が置き時計の価格の順番当てゲームに熱中していたときです。部屋の照明を消してから陳列台のフットライトが点くまでに、二、三秒のタイムラグがあったのを覚えていませんか？　あのとき、時実さんは、衛星携帯電話で通話しながら、庭に出ていました。部屋の照明が消えるのを見てから、時実さんはＤＣ－ＡＣインバーターの電源を落とすと、周波数を50ヘルツから60ヘルツに変更して、再度電源を入れました。時刻は九時八分を少しすぎた頃ですが、これ以降、パタパタ時計とリングレットは1・2倍速で動くようになりました。ちなみに、リングレットの時刻は、犯行後、パタパタ時計と一致するように変えてあったんでしょう」

「単なる憶測だ」

時実が、力なくつぶやく。

「そのとおりですが、傍証はあります。覚えている方もいらっしゃるでしょうが、あのとき、どこからか、かすかなピーという電子音が聞こえてきました」

「あ。俺、それ聞いたな」

川井が、手を挙げた。夏美もうなずいている。

「一瞬停電したことで、何かの電子機器が警報を発したんでしょう。おそらくは、森先生がパソコンにつないでいた無停電電源装置《UPS》の音だと思います」

ここまで聞こえるということは、よほど音量の大きなUPSだったに違いない。

「では、あのとき周波数を60ヘルツにし、電気時計の進み方を速くしたとしよう。その後、もう一度50ヘルツに戻したのは、いつだったんだね？」

ヒキジイが、訊ねる。

「時実さんは、広間に下りてきたときに、一つ確認したいことがあると言って庭に出ると、ブレイカーを落としましたね。あのときだと思います。フットライトが独立電源じゃないかと思ったと弁解していましたが、そんなことを時実さんが知らないはずがありません」

純子は、はっとした。このときにも、同じようにピーという電子音が聞こえたことを思い出したのだ。

「ちなみに、デジタル表示の電気時計なら、ニキシー管を使ったものでもよさそうですが、一度停電させると時刻がリセットされてしまうので、使えませんでした。パタパタ時計なら、止まった時刻から、また進み始めますからね」

榎本は、時実の読み筋の襞《ひだ》を丹念になぞっていく。すべてを見通していることを誇示して、観念させようとしているのかもしれない。

「……なるほど。一応の筋は通っているようですね。かりに、今言われたトリックをすべて僕が行ったとしたら、もしかすると、犯行は可能だったかもしれません」

時実は虚勢を張ったが、もはや、その声には力がなかった。カメラは、にじり寄りながらズームして、表情をアップにしているらしい。

「しかし、それらのトリックが実行されたとは証明されていない。だとすると、僕がやった、もしくは、犯人は僕以外にはいなかったとは言えませんよ。たとえば、山中さんには明確なアリバイはありませんよね？　彼女が犯人だったとしても、何一つ矛盾は生じないじゃないですか？」

指を差された綾香は、一瞬、凍り付いたような表情を見せた。

「ところが、その場合には、はっきりした矛盾が生じるんです。それでは皆さん、もう一度広間へ移動してください」

榎本は、広間に戻ると、タブレットを取り上げて、画面にタッチした。女性の声が流れる。さっき聴いた、『イーハトーブより』というFM放送の録音だ。

「……そのとき、このデザインって何かに似てるなあと思ったんですよ。あっ、そうだ。ミステリークロックだって」

「さっきも聞きました。それが、いったい何だと言うんですか？」

時実の声が、ヒステリックに裏返りかける。

「……この番組で何度も取り上げてきた、『永遠の少年』が好みそうな時計と申しましょうか。もしピーター・パンがネバーランドで愛用していたら、ぴったりだと思いませんか？　現実世界から遊離している、俗世間からは隔絶した感じ？　もう、汚れた世界にはいたくないという気持ちですかね。そんな思いが、ミステリークロックという芸術品に結晶したような気が、いたしましたね」

榎本は、再生を止めた。

「この録音のおかげで森先生が走り書きしたメモの正体がわかり、パソコンの中にあった、毒殺のアイデアについての文章は、犯人が偽装したものであると暴かれました」

「そうとも言えませんよ。怜子さんが、ラジオを聴いてそのメモを書いたのは事実でしょう。しかし、その後で、本人がＰＣに書き込んだのかもしれないじゃないですか？」

時実は、なおも徹底抗戦の構えだった。

「なるほど。たしかに、そう強弁することは可能でしょう。ですが、この録音は、同時に、より根本的な事実をあきらかにしてくれました。問題は放送された時刻なんですよ」

「……何時だったんですか？」

純子は、声を潜めて訊ねる。決定的な証拠の予感があった。

「番組はきちんと最初から録音されており、今のくだりが流れた正確な時刻がわかりました。九時三十七分です」

榎本と時実以外の全員が、口をつぐんで、頭を整理しようとする。

純子も、必死に考えた。まず『ミステリークロック』の9：34という更新時刻との整合性が取れないが、それより、もっとおかしなことがある。

「……時間が足りない」

本島が、ぞっとしたようにつぶやいた。

「森先生は、九時三十七分の放送を聴いて、あのメモを書きました。つまり、少なくとも、九時三十八分頃までは生きていたということになります。直後に毒を呑んだとして、いくらアコニチンが即効性とはいえ、絶命するまでに数分はかかります。つまり、九時四十二分頃までは、まだ息があったはずです。しかし、佐々木夏美さんが先生の遺体を発見したのは、時計の価格当てゲームが終了した九時三十九分のおよそ一分後――九時四十分頃でしょう。どう考えても時刻が合わないんですよ」

「ということは、電波時計で確認した九時三十九分や、リングレットの九時四十四分など、いくつかの時計の時刻は、嘘っぱちだった――何らかの欺罔《ぎもう》工作が行われたということが、これで証明されたわけだな」

ヒキジイが、低い声でつぶやく。

時実はメモを処分することもできた。だが、「ミステリークロック」というキーワ

時系列

イベント	本当の時間	広間	ダイニング		森怜子の書斎
		電波時計	グランドファーザー・クロック	パタパタ時計	リングレット
晩餐会(ダイニング)	7:29		7:29	7:29→30	
広間へ移動	8:00	8:00	7:25 (1.2倍に)	7:39	
怜子書斎へ	8:41	8:41			
価格当てゲームスタート	8:50	8:50			
9:07 カーテン開ける ※9:18(表示は9:30)電波受信					
本島衛星携帯電話で通話、純子確認	9:08	9:08			
夏美光源切り替え	9:08	9:08	8:47	8:47 (時実50→60ヘルツに。1.2倍に)	
ゲーム終了	9:51	9:39			
夏美、怜子の死体発見	9:52				9:40
時実、書斎で時間確認	9:56				9:44
怜子の書斎→広間へ	10:01	9:49			
ダイニングへ　私設法廷開始	10:01		9:50	9:49→50	
純子確認(私設法廷)	10:14		10:06	10:05→06	
純子、時間確認	10:25		10:19→20	10:19→20	
私設法廷潮目変化	10:38		10:35	10:35	
純子、時間確認	10:48		10:47	10:46→47	
怜子の書斎へ移動					10:49
広間へ	10:55	10:55			
10:56 ブレイカー落とす(時実、60→50ヘルツに)					
犯人決めゲーム開始	10:58	10:58			
黒いゴミ袋かぶらせる(時実、電波時計文字盤などをとる)					
ゲーム終了	11:05	11:05			
腕時計返却	11:06	11:06			

このあたりで傾き正す↳(純子、時間確認 10:48)

↱このあたりで振り子を元に戻す(怜子の書斎へ移動)

ードがあったため、事故説に利用できるかもしれないという甘い誘惑に駆られて、つい、そのまま残してしまったのだろう。

純子は、背筋がうそ寒くなるのを感じた。

森怜子のメモは、今、魔女の呪いのように、時実の死命を制しつつある。

「警察はすでに、今のシナリオに沿って、状況証拠をいくつも発見しています。たとえば、そこに掛かっている電波時計ですが、文字盤からは、細かい紙の繊維が発見されています。広間の下がり壁から粘着剤の跡も検出されました。あなたがヨドバシカメラ新宿《しんじゅく》西口本店で同じ電波掛け時計を三個、ソラドンキ羽田《はねだ》空港店で黒いゴミ袋のパックを購入したことも、裏が取れています」

榎本は、時実の方に向き直る。

「しかし、致命的なのは、あなたの偏執的な時間トリックが裏目に出て、あなた以外の誰が犯人だったと仮定しても、時刻に矛盾が生じることです。同時に、自殺や事故の可能性も、完全に消滅しました。矛盾を説明するには、時計のトリックが実行されたと考えるよりなく、それが可能だったのは、時実さん、あなた一人なんです」

全員の目が、時実に集中した。

「僕には、怜子さんを殺す動機がありません。彼女を愛していたんです」

時実は、嗄《しわが》れた声でつぶやく。

「動機は、おそらく金銭でしょう。売れない作家のあなたが、森先生のおかげで贅沢《ぜいたく》三昧《ざんまい》の暮らしができたんですから、本来は感謝してしかるべきでしょうが。……もっと自由に金を使いたくなったのか、ミステリークロックを我が物にしたかったのか、あるいはその両方か。いずれにせよ、私の知ったことではありません」

榎本の口調に滲む抑えがたい怒りは、たちまち全員に伝播《でんぱ》していく。

「それから、これはコメントするまでもないでしょうが、あなたが森先生を愛していたとはとても思えません。彼女を殺害したこと以前に、無慈悲にバステトを奪った一事を見ても、それはあきらかです」

バステト……森怜子の愛猫だ。純子は、はっとした。

「待ってください。じゃあ、バステトは殺されたんですか？　この男に？」

本島が、信じられないと言うように訊ねる。

「警察は、庭の隅の墓に埋められていたバステトの遺骸を掘り出しました。そんな事態にはならないだろうと高をくくっていたんでしょうが、後できちんと処分しておくべきでしたね。死因はアコニチンであることが確認されました」

「いったい、何のために？」

本島の声は、震えていた。猫が殺されたこと自体より、時実が人殺しであるという現実が、ようやく胸に迫ってきたようだった。

「自己流で精製したアコニチンが効くかどうか、実験したんでしょう」

榎本の声は、冷徹だった。

「毒物を持ち出すのはリスキーですから、実験に使う動物はなるべく手近で調達する必要があったんですよ」

時実は、彫像のように動かない。おそらく、ほんの二、三秒だったのだろうが、純子には長い時間がたったように思われた。

やがて、時実は瞑目《めいもく》した。ゆっくりと、喉仏が上下する。

「……榎本さん。あんたを晩餐会に招いたことが、僕が犯した最大の失策だったようだ」

カメラは、角度を変えながら時実の表情を追っているらしい。

時実は、再び目を開けた。抑制された仮面が破れて、猛悪なサイコパスの貌《かお》が顕《あら》われる。榎本に向けられた三白眼は底知れぬ憎悪に光っていた。

「……だが、どうしてわかった？　あの時計の複合トリックを、手がかりもなしに見破れたはずがない」

榎本は、静かな目で時実を見返した。

「あなたは、五つの時計を自在に操作することで、鉄壁のアリバイを構築したはずでした。しかし、ノーマークだった、もう一つの時計の存在が、命取りになったんです」

「もう一つの時計……？」

時実は、目を見開く。わけがわからないようだ。

「それも、止まったままの時計です。あの、ミステリークロックですよ。あれがなければ、おそらく、私は電波時計のトリックに気づかなかったでしょう。その場合は、当然ながら、残りのトリックも暴かれずに終わったはずです」

「どういうことですか？　榎本さん」

純子は、先を促す。残念ながら、さっぱり意味がわからない。

「表裏が素通しになったミステリークロックの文字盤は、円形の照準器のようなものです。しかも、止まっていることが、さいわいしました。十時九分で固定されている針──短針が、真実を、あなたのトリックの痕跡を指し示したんです」

時実は、ぽかんと口を開けると、ぱっと振り返り、ダイニングとの境界に掛けられている電波時計を見た。その顔に、みるみる悔しげな表情が浮かぶ。

「もっと、よくわかるように説明してください！」

純子は、つい大きな声を出してしまう。

「⑥の『モデルA』を裏側から透かし見ると、装飾された短針の先端に、ぼんやりとですが、あの電波掛け時計が見えたんです。ちょうど矢印で示されたような形だったので、たいへん印象に残りました」

榎本は、声を潜める。

「ところが、警察が到着した後で、事情を説明しながら、同じように透かして見たところ、電波掛け時計は、斜め左下——短針に隠れる位置に移っていたんです。……まあ、こちらが本来のポジションだったわけですが」

「でも、そんなの、ちょっと頭が動いただけでも変わるんじゃない？」

純子の突っ込みに、榎本はかぶりを振った。

「私もそう思って、最初に見たときのように、電波掛け時計が短針の先端に来るよう動いてみたんですが、そのためには、ひどく不自然な姿勢で屈み込まなければなりませんでした。……あの下がり壁には、これという目印はありませんでしたからね。ミステリークロックがなかったら、電波掛け時計が動いていたことはわからなかったでしょう」

「榎本さんは、たったそれだけのことから、犯行の全貌を推理したんですか？」

本島は、信じられないという口調だった。

「短い時間に、電波掛け時計の位置がずらされていた。犯人の仕業だとしたら、何のためにでしょうか？　それが推理の出発点でした。平行に移動しても意味があるとは思えません。ならば、フックを支点に時計をずらし、角度を変えたのではないかと考えついたんです」

時実は、ソファに深く身を預けると、虚《うつ》ろな目を宙に彷徨《さまよ》わせた。

「時実玄輝さん。ご同行をお願いします」

八重樫巡査部長が、時実の肩に手を置く。時実は、ゆっくりと立ち上がった。

カメラは、彼らが制服警官に付き添われ、広間から出て行くところまでを追っていた。

「そうだったの。先生の……『モデルA』が」

夏美が、そうつぶやくと、ハンカチを目に当てる。

森怜子が愛して止まなかったというミステリークロックが、犯行を暴いたのだ。

純子には、美しき魔女の笑い声が聞こえたような気がした。

解説

千《せん》街《がい》晶《あき》之《ゆき》

新型コロナウイルスによって社会が翻弄《ほんろう》された二〇二〇年、TVドラマ界にもある現象が起こった。撮影現場でのコロナの感染を恐れてドラマの制作が中断・延期を余儀なくされた結果、空いた枠を埋めるために旧作ドラマが再放送され、新しい視聴者を摑《つか》んだのだ。そのようにして再評価されたドラマのひとつに、二〇一二年にフジテレビ系の「月9」枠で放映され、二〇二〇年五月から同じ時間帯で再放送された『鍵《かぎ》のかかった部屋』がある。

この連続ドラマの原作である貴志《きし》祐介《ゆうすけ》の「防犯探偵・榎本《えのもと》」シリーズは、すべてのエピソードが広義の密室での事件を扱っているという特色がある。ミステリーの元祖とされるエドガー・アラン・ポーの「モルグ街の殺人」（一八四一年）以降、ジョン・ディクスン・カーを代表格とする多くの作家が密室ミステリーを発表してきたし、一方では、アメリカのミステリー評論家ハワード・ヘイクラフトは『娯楽としての殺人』（一九四一年）の中で、よほど新奇な工夫がなければ密室は滅びるだろうと説いた。にもかかわらず、今なお密室ミステリーが廃れないのは、歴代ミステリー作家たちによる創意工夫の積み重ねによって、トリックの見せ方が進化を遂げてきたからだろう。そして、その進化の最先端を行く作家こそが貴志祐介に他ならないのである。

　防犯コンサルタントだが泥棒という裏の顔を持っている様子の榎本径《けい》と、珍推理で事態を引っかき回す弁護士の青砥《あおと》純子《じゅんこ》がコンビを組んで数々の密室トリックを解明してゆく「防犯探偵・榎本」シリーズでは、謎解きのロジックが重視されているのみならず、かなり凝った物理的トリックが披露される。それも、シチュエーションの奇抜さとトリックの実行確実性を兼ね備えた、まさに花も実もある仕掛けでなければ著者は俎上《そじょう》に載せないのである。その点こそ、このシリーズがドラマ化された所以《ゆえん》でもあるだろう（実際にドラマを観てみると、物理的トリックは映像化すると実に華があることがわかる）。往年のミステリーの大家・土屋隆夫《つちやたかお》は、執筆前に実行可能かどうかトリックを実験したエピソードで知られるけれども、著者も長篇『硝子《ガラス》のハンマー』（二〇〇四年）を執筆するにあたって実際にビル清掃のゴンドラに乗るなど、トリックの説得力を高めるためのリサーチにも抜かりはない。

　この『硝子のハンマー』から始まった「防犯探偵・榎本」シリーズは、続いて『狐火の家』（二〇〇八年）、『鍵のかかった部屋』（二〇一一年）と二冊の短編集が刊行された。そして、シリーズ第四弾として二〇一七年十月にKADOKAWAから単行本として上梓《じょうし》されたのが『ミステリークロック』である。四つの中短篇が収録された本だったが、今回の文庫化に際し、「ゆるやかな自殺」と「ミステリークロック」を本書『ミステリークロック』に、「鏡の国の殺人」と「コロッサスの鉤爪《かぎづめ》」を『コロッサスの鉤爪』に収録した二分冊となった。四篇はそれぞれ独立した物語なので、『ミステリークロック』と『コロッサスの鉤爪』のどちらを先に読んでも差し支えない。

「ゆるやかな自殺」（初出《小説 野性時代》二〇一二年三月号）は、雑誌掲載直後、先述の連続ドラマ『鍵のかかった部屋』で、この短篇を原作とする第九話「はかられた男」が二〇一二年六月十一日に放映されている。つまり、原作が単行本に収録されるよりずっと前にドラマ化されたわけであり、そのため、原作に目を通すよりドラマを観たほうが先というひとが多かったと思われる。もちろん、ドアには六つの鍵、窓には格子……という現場の状況や、軸となるトリックはほぼ同じだが、原作とドラマでは人間関係やキャラクター名などに相違点も存在する。

このシリーズでは榎本が青砥純子とコンビを組んで密室の謎に挑むことが多いけれども、本作は珍しく榎本の単独での推理が描かれる。それもその筈《はず》、事件の舞台となるのは暴力団の事務所で、そこで組員が変死した事件をめぐり、榎本は違法すれすれ……いや、違法そのものの依頼を受けるのだ。いくらなんでも、弁護士である純子を登場させるわけにはいかない道理である。

もちろん、暴力団の事務所が舞台なのは奇を衒《てら》ったわけではない。このトリックを活かすには、過剰なまでに堅牢《けんろう》な密室状況と、拳銃《けんじゅう》があってもおかしくない場所が必要とされたわけであり、そのために暴力団の事務所がうってつけだったのである。本作では犯人は最初から明かされている一方、密室トリックだけが読者に対して伏せられている。シリーズ中ではシンプルなトリックながら、ここでは丁寧な伏線の張り方にも注目したい。

「ミステリークロック」（初出《小説 野性時代》二〇一四年十月号〜二〇一五年三月号）は、岩手県盛岡市郊外にある、人気ミステリー作家・森怜子《もりれいこ》の山荘が舞台となっている。彼女の作家生活三十周年を祝うため、この山荘に関係者が集まった。怜子の夫が、榎本や純子を含む来客たちに時計のコレクションを披露し、その価格を当てさせるというゲームに興じている最中、怜子は自室で死体となって発見される。山荘に部外者が入るのは不可能であり、もし他殺ならば山荘内の主客合わせて八人の中に犯人がいるということになる。この事件をめぐり、関係者たちは強制的な推理合戦に突入させられる。

この中篇では、序盤で登場人物たちによって密室論が繰り広げられる――「今はミステリーも進化しましたから、機械トリックと心理トリックを単純に区別するのは、無意味になりつつあります」「トリックの目的も、錯覚を誘発する――幻影を作り出すことへと変わりつつあるんですよ。つまり、目的は心理的な効果ですが、その手段は機械的なトリックというわけです」といった具合に。事件関係者の多くがミステリー作家や編集者なのだから、こうした話題が出るのは自然な流れだが、これはある程度、著者自身の密室ものに関する認識の披瀝《ひれき》と見てもいいのではないだろうか。この作品におけるトリックの原理自体は、作中で触れられている通り類例がある。だが、問題はそのアレンジなのだ。

何しろタイトルが「ミステリークロック」である。誰が見ても、トリックには時計が関係してくると想像がつくだろう。また、複数の時計が登場する本格ミステリーには、海外ではアガサ・クリスティー『複数の時計』（一九六三年）、国内では鮎川哲也《あゆかわてつや》の短篇「五つの時計」（一九五七年）や有栖川有栖《ありすがわありす》の中篇「スイス時計の謎」（二〇〇三年）などがあるので、年季の入ったマニアはそうした前例を想起するに違いない。しかし、それらを念頭に置いていてさえ、作中のあまりにも手の込んだ、まさに精密な時計の歯車のようなトリックとロジックの合わせ技には必ず圧倒されるに違いないのだ。

それにしても、この中篇に籠《こ》められた、トリックに対する著者の空恐ろしくなるほどの執念（と表現して差し支えないだろう）の正体は何なのだろうか。たぶん、一度読んだだけでこのトリックを完全に理解できた読者はそんなに多くない筈だ。しかも、限りなく完全犯罪に近いほどに練り上げたトリックを、あとでロジカルに解きほぐさなければならないわけで、その手間は想像を絶する。トリックへの執念もここまで来ると、もはや読者への挑戦という境地ではなく、著者はもっと畏怖《いふ》すべき相手とミステリーという盤上で対局しているのではないかと想像したくもなる――その相手が、ミステリーの神か、それともミステリーの悪魔なのかは、それこそ神のみぞ知る謎ではあるのだが。近年の国産ミステリーでは、これに似た読み心地の作品は竹本健治《たけもとけんじ》の『涙香迷宮』（二〇一六年）くらいではないかと思う。ともあれ、人智の極限とも言うべき領域に達した謎解きを体験したければ、本書を読むに如《し》くはない。

本書は、二〇一七年一〇月に小社より刊行された単行本『ミステリークロック』に収録の四編から「ゆるやかな自殺」と「ミステリークロック」の二編を、加筆修正のうえ、文庫化したものです。

同単行本に収録されていた「鏡の国の殺人」と「コロッサスの鉤爪」の二編は分冊し、加筆修正のうえ『コロッサスの鉤爪』として文庫化されています。

なお、この作品はフィクションであり、実在の人物、団体等とは、一切関係ありません。

本文図版／本島一宏

角川文庫発刊に際して

角川源義

第二次世界大戦の敗北は、軍事力の敗北であった以上に、私たちの若い文化力の敗退であった。私たちの文化が戦争に対して如何に無力であり、単なるあだ花に過ぎなかったかを、私たちは身を以て体験し痛感した。西洋近代文化の摂取にとって、明治以後八十年の歳月は決して短かすぎたとは言えない。にもかかわらず、近代文化の伝統を確立し、自由な批判と柔軟な良識に富む文化層として自らを形成することに私たちは失敗して来た。そしてこれは、各層への文化の普及滲透を任務とする出版人の責任でもあった。

一九四五年以来、私たちは再び振出しに戻り、第一歩から踏み出すことを余儀なくされた。これは大きな不幸ではあるが、反面、これまでの混沌・未熟・歪曲の中にあった我が国の文化に秩序と確たる基礎を齎らすためには絶好の機会でもある。角川書店は、このような祖国の文化的危機にあたり、微力をも顧みず再建の礎石たるべき抱負と決意とをもって出発したが、ここに創立以来の念願を果すべく角川文庫を発刊する。これまで刊行されたあらゆる全集叢書文庫類の長所と短所とを検討し、古今東西の不朽の典籍を、良心的編集のもとに、廉価に、そして書架にふさわしい美本として、多くのひとびとに提供しようとする。しかし私たちは徒らに百科全書的な知識のジレッタントを作ることを目的とせず、あくまで祖国の文化に秩序と再建への道を示し、この文庫を角川書店の栄ある事業として、今後永久に継続発展せしめ、学芸と教養との殿堂として大成せんことを期したい。多くの読書子の愛情ある忠言と支持とによって、この希望と抱負とを完遂せしめられんことを願う。

一九四九年五月三日

ミステリークロック

貴志祐介《きしゆうすけ》

令和2年 11月25日　初版発行
令和6年 12月15日　再版発行

発行者●山下直久

発行●株式会社KADOKAWA
〒102-8177　東京都千代田区富士見2-13-3
電話　0570-002-301(ナビダイヤル)

角川文庫 22413

印刷所●株式会社KADOKAWA
製本所●株式会社KADOKAWA

表紙画●和田三造

●お問い合わせ
https://www.kadokawa.co.jp/（「お問い合わせ」へお進みください）
※内容によっては、お答えできない場合があります。
※サポートは日本国内のみとさせていただきます。
※Japanese text only

ISBN 978-4-04-109876-9　C0193

◆◇◇

まえがき

楽曲『トンデモワンダーズ』を作曲したsasakure.UKです。

『トンデモワンダーズ』を小説にしたい——というお話をいただいたとき、僕の作品のことをたくさんたくさん聞いてくれているという人間六度さんを紹介していただき、六度さんのとっても熱い作品への熱量に感激しました！

人間六度さんの、ジャンルの垣根を超えてくれるような作品が大好きで、きっとトンデモナイ作品を書いてくれるんじゃないか…！と思っていたのですが、期待していた通りの素敵な作品に仕上げてくれました。

原曲MVの世界観をモチーフにしながら、人間六度さんが再構築してくださったところや、僕も監修をさせてもらいながら一緒に考えたりしたところもあります。

テラのはちゃめちゃさも、カラスの不器用さも、少し僕に似ている